Dicionário de Direitos Humanos e afins

NEI LOPES

Dicionário de Direitos Humanos e afins

1ª edição

CIVILIZAÇÃO BRASILEIRA

Rio de Janeiro
2025

Diagramação: Abreu's System

Texto revisado segundo o Acordo Ortográfico da Língua Portuguesa de 1990.

Direitos desta edição adquiridos pela
EDITORA CIVILIZAÇÃO BRASILEIRA
Um selo da
EDITORA JOSÉ OLYMPIO LTDA.
Rua Argentina, 171 – 3º andar – São Cristóvão
Rio de Janeiro, RJ – 20921-380
Tel.: (21) 2585-2000.

CIP-BRASIL. CATALOGAÇÃO NA PUBLICAÇÃO
SINDICATO NACIONAL DOS EDITORES DE LIVROS, RJ

L854d

Lopes, Nei, 1942-
Dicionário de Direitos Humanos e afins / Nei Lopes. – 1. ed. – Rio de Janeiro: Civilização Brasileira, 2025.

ISBN 978-65-5802-194-0

1. Direitos humanos – Dicionários. 2. Discriminação – Aspectos sociais – Dicionários. 3. Racismo – Dicionários I. Título.

CDD: 305.803
25-97981.0 CDU: 316.347(038)

Meri Gleice Rodrigues de Souza – Bibliotecária – CRB-7/6439

Impresso no Brasil
2025

Com a licença dos Ancestrais, nossos e de todo o povo brasileiro;
e a esperança em dias melhores.

Em memória da professora Sonia Regina Brilhante, sempre ao meu lado.

A "aversão ao pobre" talvez seja a grande questão do nosso tempo, na medida em que praticamente metade da humanidade vive em situação de pobreza e não reconhecimento de suas necessidades.

Jessé de Souza, texto de quarta capa do livro *Aporofobia, a aversão ao pobre*, de Adela Cortina Orts, 2022.

A diversidade das culturas humanas está atrás de nós, à nossa volta e à nossa frente. A única exigência que podemos fazer valer a seu respeito [...] é que ela se realize sob formas em que cada uma seja uma contribuição para a maior generosidade das outras.

Claude Lévi-Strauss, *Raça e História*, 1952, p. 98.

A mais monstruosa blasfêmia que algumas igrejas cristãs estão cometendo, há séculos, é a afirmação de que os males da Humanidade são a expressão da vontade de Deus.

Huberto Rohden, *Roteiro cósmico*, 2011, p. 152.

AGRADECIMENTOS

À professora doutora Ynaê Lopes dos Santos, pelo livro *Racismo brasileiro: uma história da formação do país* (2022), ponto de partida da presente obra.

Ao professor doutor Philippe Oliveira de Almeida, pelo *Manual de educação jurídica antirracista: Direito, justiça e transformação social* (2022), escrito em parceria com Adilson José Moreira e Wallace Corbo, que me arregalou os olhos e me aguçou os sentidos.

APRESENTAÇÃO

O que acontece quando conhecimento, talento, consciência e inspiração se encontram? A resposta é uma explosão de criatividade a serviço do conhecimento e do progresso. Essa é a melhor explicação para a imensa riqueza da obra de Nei Lopes, que se estende da música à literatura, incluindo romances, contos, poesias, crônicas, biografias, livros infantis, além de enciclopédias e dicionários. Formado em Direito e Ciências Sociais, iniciou sua trajetória no mundo do samba, no qual veio a destacar-se como compositor e cantor, responsável por sucessos como "Senhora Liberdade", "Goiabada cascão", "Gostoso veneno", entre outros. Trabalhou com parceiros como Wilson Moreira e outros, além do internacional Moacir Santos, o "Maestro dos Maestros", com quem Nei compôs cinco canções, registradas no DVD *Ouro negro*, nas vozes de Djavan, Ed Motta, Gilberto Gil, João Bosco e Milton Nascimento, no mágico ano 2000.

Como definir Nei Lopes?

Trata-se de uma tarefa quase impossível, pois não existe um termo suficientemente abrangente para sintetizar um intelectual tão prolífico e multifacetado. Negro carioca de origem suburbana, consciente de sua condição racial e comprometido em provocar uma reflexão crítica sobre os problemas que afetam a sociedade brasileira.

Neste *Dicionário de Direitos Humanos*, Nei Lopes trafega por uma temática da maior importância em nossos dias. E o faz com a preocupação, por ele explicitada, de traduzir para a linguagem cotidiana expressões que muitas vezes escapam, pela sofisticação, à compreensão do povo em geral. Mais do que isso, inclui uma riqueza de verbetes que muitas pessoas, mesmo letradas, não costumam associar a esse campo.

Quando se fala em Direitos Humanos, costuma-se pensar em questões relacionadas à classe social, gênero, raça, orientação sexual, capacitismo... Mas o tema vai muito além, pois abrange também alfabetização, aborto, corrupção, etarismo, gordofobia, loucura, prostituição, castas, tortura e muitas outras searas, como nos mostram os verbetes que compõem este *Dicionário*. Trata-se, na verdade, de um conjunto de normas voltadas a proteger a dignidade de pessoas e grupos, estabelecidas num processo que se inicia, na modernidade, no final do século XVIII, com a Declaração dos Direitos dos Cidadãos, fruto da Revolução Americana, a Declaração dos Direitos do Homem e do Cidadão, na França, e ganha seu toque final com a Declaração Universal dos Direitos Humanos, aprovada pela ONU em 1948.

Mas os avanços obtidos nas últimas décadas, particularmente por mulheres, negros e membros da comunidade LGBTQIAPN+, têm provocado reações da parte de muitos daqueles que se sentem ameaçados em seus privilégios. Isso se explicita no crescimento, no plano internacional, de uma extrema direita que não mais se envergonha de expor publicamente suas ideias reacionárias, marcadas pelo desprezo a qualquer expressão de compaixão e solidariedade em relação ao sofrimento alheio. Fenômeno semelhante ocorre no Brasil, onde defensores de posturas neofascistas ganharam poder e notoriedade.

Num momento como este, torna-se ainda mais relevante a publicação deste livro, que poderia ser descrito como um manual antirreacionarismo capaz de transmitir os princípios básicos a serem defendidos por todos aqueles que valorizam a convivência harmônica e o apoio mútuo entre os seres humanos. Nossos parabéns a Nei Lopes, esperando que ele continue a nos brindar com os frutos de sua sabedoria e engenhosidade.

Carlos Alberto Medeiros

Militante do Movimento Negro, é doutor em História Comparada (IFCS/UFRJ). Autor de Na lei e na raça: legislação e relações raciais, Brasil – Estados Unidos, *e coautor de* Racismo, preconceito e intolerância, *também é tradutor, responsável pela versão em português de dezenas de obras de autores consagrados, incluindo Zygmunt Bauman, Martin Luther King e Frantz Fanon.*

PREFÁCIO
POR AMOR AO DIREITO E À HUMANIDADE

Em 1995, uma delegação da Organização das Nações Unidas (ONU), em missão oficial no Brasil, colhia dados sobre a sociedade nacional nos diversos itens referentes aos Direitos Humanos. Os resultados da pesquisa, quando divulgados, mostraram um quadro não ignorado, mas preocupante, no qual a população negra (de pretos e pardos), ainda não majoritária, mas crescente, era desproporcionalmente ausente nas posições sociais de mais prestígio e respeito, como nos três poderes da República e nas Forças Armadas. Da mesma forma, negros não tinham acesso considerável no campo dos negócios; e, paralelamente, no âmbito geral, a proporção de negros e negras com pele mais escura era sempre maior no exercício de atividades com menor remuneração. Além disso, na rubrica "gênero", em todas as estatísticas, as mulheres figuravam em desvantagem, o que definia a sociedade brasileira como caracteristicamente marcada pela exclusão social e discriminação das mulheres.

Diante desses resultados, o então presidente da República, Fernando Henrique Cardoso, sociólogo renomado, reconheceu publicamente que o racismo e a discriminação eram marcas históricas na formação do Brasil.

*

Nascido no ano de 1942 em uma família afrodescendente e proletária do subúrbio carioca, o autor deste pequeno dicionário vivenciou –

sem compreender, claro! – a Era Vargas, marcada por planos governamentais que visavam, entre outros objetivos, a priorizar a produção nacional, em vez das importações, e deixar na mão do Estado o monopólio de extração e refino do petróleo, promulgando leis sociais mais efetivas ou mais fortes que as existentes.

O tempo passou e com ele o sonho de um país mais igualitário. Já percebendo melhor as estratégias do "jogo social", o futuro autor destas linhas viu, de longe, a onda "desenvolvimentista" abrindo os portos do país aos grandes conglomerados transnacionais, a capital da República sendo transferida para um local alegadamente mais apropriado à sua condição de marco fundador de uma nova etapa no processo de desenvolvimento econômico do país.

Era o início da década de 1960. Aí, ingressando na então Faculdade Nacional de Direito, o jovem ainda proletário, agora autor deste texto, via desmoronar a construção cenográfica que até bem pouco tempo antes lhe mostravam como a "Aquarela", "onde o azul é mais azul". E o castelo ruía ao som do refrão "Subdesenvolvido! Subdesenvolvido!", entoado pelo coro da União Nacional dos Estudantes (UNE), enquanto sua sede pegava fogo.

Lembremos que até a década anterior grande parte do Brasil ainda vivia o mito da democracia racial. O que hoje se conhece como racismo era apenas "preconceito"; e as pessoas "de cor", quando protestavam contra algum tipo de tratamento ofensivo motivado por sua condição étnico-racial, eram consideradas portadoras de um sentimento definido como "complexo de inferioridade". Por esse tempo, nada impedia ou condenava, no trato popular, referir-se ou se dirigir a alguém usando expressões como "galego da venda", "turco da prestação", "nega maluca", "branco azedo" etc. E até referências a condições socioeconômicas, geográficas, físicas ou mesmo patológicas – "paraíba", "perneta", "caduco", "caolha", "favelado", "mongoloide" etc. – davam margem ao que hoje conhecemos como "preconceito recreativo", alimentando inclusive o repertório dos programas humorísticos do rádio e das marchinhas carnavalescas. Afinal, vivíamos em uma "democracia", na qual brancos e pretos, ricos e pobres, doutores e analfabetos eram iguais perante a lei. Teoricamente.

Mas aconteceu que, num certo dia do ano de 1950, a antropóloga, bailarina e coreógrafa afro-americana Katherine Dunham (1909–2006) chegou ao Brasil e foi vítima de afrontosa discriminação racial em um hotel da capital paulista.

Cerca de vinte anos antes, a cidade tinha sido o berço da Frente Negra Brasileira, uma das mais importantes, senão a maior, das entidades da luta antirracista em seu tempo. A afronta acabou por motivar a promulgação da Lei Afonso Arinos, a primeira das leis brasileiras expressamente elaboradas para combater a discriminação racial.

No âmbito mais geral, em 1988, todos nós, brasileiros e democratas, ganhávamos uma Constituição que cada vez mais nos demonstra sua condição de "cidadã", como fora anunciada em sua proclamação. E, nos dias atuais, a luta do povo brasileiro contra o racismo e na defesa de todos os direitos de cidadania vem ganhando cada vez mais força e desdobramentos.

Com a Constituição em vigor, chegamos às eleições de 2022, que, para nós, acabaram se tornando um grande motivo e incentivo para a criação e publicação desta modesta obra. Sobretudo porque o acirrado debate entre os poderes da República tem dado margem a uma ampla difusão, em todas as mídias, de termos e expressões que antes eram restritos aos debates jurídicos e sociopolíticos, principalmente. Dessa forma, construções verbais que antes circulavam em ambientes específicos chegaram, e continuam chegando, aos ouvidos das massas urbanas, sem que, entretanto, esse povo, de modo geral, saiba exatamente o que significam. Este foi um dos deflagradores do processo de criação deste livro: "traduzir", para a fala popular, a linguagem clássica em que é escrita grande parte dos conceitos e normas do campo dos Direitos Humanos.

Assim, escrevemos esta obra. Que, embora sem qualquer viés ou intenção acadêmica, nasceu como um preito de reconhecimento à Faculdade Nacional de Direito da Universidade do Brasil, atual UFRJ. A ela devo o amor ao Direito que adquiri entre os anos de 1962 e 1966, o qual procuro semear e cultivar, até onde e quando for possível.

Nei Lopes
Maio de 2025

A

ABANDONO. Ação em que uma pessoa se desfaz de algo ou alguém. Situação que caracteriza pessoa em estado de vulnerabilidade, principalmente crianças e idosos desvalidos. **Um problema antigo**. Desde pelo menos o século XIX, a sociedade brasileira urbana vivia amedrontada com o crescimento do número de jovens menores de idade, sem meios legais de sobrevivência nas ruas. Por esse motivo, o problema do menor abandonado, exposto, desassistido, entrou na pauta dos governos da época, em busca de soluções em diversos níveis, chegando até os dias atuais (Leite, 1991, p. 60). → REFORMATÓRIO; RODA DOS EXPOSTOS; RUA, População de; VULNERABILIDADE.

ABASTADO. Pessoa perfeitamente provida de bens necessários à sua própria subsistência e, também, à satisfação de prazeres menos ou mais dispendiosos.

ABOLIÇÃO. Ato ou efeito de abolir; o mesmo que anular, cassar, extinguir, invalidar. O verbo "abolir" é usado principalmente nos casos de instituições, usos e costumes. Denomina o delito conhecido popularmente como "golpe de Estado", quando ocorre a abolição violenta do Estado Democrático de Direito, detalhado no artigo 359-L do Código Penal brasileiro em vigor. Entretanto, o uso mais constante da palavra

ABOLIÇÃO no Brasil é o que consagra o episódio do fim da escravidão de africanos e seus descendentes no país, em 1888.

ABOLICIONISMO. Conjunto de princípios e ações adotadas no sentido da extinção do trabalho escravo. Essa ideia, existente há muito tempo, ganhou forma com a Declaração dos Direitos do Homem e do Cidadão, em 1789, e aos poucos foi se tornando um movimento de peso, chegando até mesmo às colônias europeias nas Américas, principalmente Brasil, Cuba e Haiti. Neste último país, o movimento libertário foi tão forte que levou à independência haitiana do domínio francês, numa guerra encarniçada. Os acontecimentos no país vizinho repercutiram fortemente em Cuba, mas sua independência só aconteceu no século XIX. Já no Brasil, a abolição da escravatura não significou nenhuma ruptura no processo de exploração dos negros. Isso porque o movimento ter-se-ia apoiado apenas em uma campanha de caráter sentimental que não propôs nenhuma transformação radical da condição desumana em que viviam os escravizados (*Grande enciclopédia Larousse cultural*, 1998, verbete "Abolicionismo"). → ESCRAVIDÃO → LEIS ABOLICIONISTAS → LEIS ANTIRRACISMO.

ABORÍGENES. Denominação genérica das populações originárias. A designação é mais conhecida em referência a povos nativos da Austrália, país que integra a Oceania. A denominação tem origem no latim *aborigines* (grafia também admitida em português), significando exatamente "primeiros habitantes originais de um país". Vivendo em seus ambientes nativos desde aproximadamente 50 mil anos a.C., figuram entre os primeiros navegadores, artistas e pensadores religiosos da espécie humana. Assim, foram referidos pelo célebre antropólogo francês Claude Lévi-Strauss como "aristocratas intelectuais" (Cashmore, 2000, p. 25). Por volta de 1606, constituindo um grande contingente de povos falantes de centenas de línguas aparentadas, essas populações tiveram seus primeiros contatos com exploradores espanhóis, enfrentando por isso violentas mudanças em seu modo de vida. Ocupando à força os territórios da Austrália atual, os invasores foram, a partir de 1798, seguidos por exploradores ingleses com os mesmos objetivos. Por essa época, os nativos – que constituíam um contingente provável de 800 mil indivíduos – tiveram mais de metade de suas terras tomadas pelo explorador inglês James Cook em favor do Império Britânico. Entre 1798 e 1850 resistiram por meio de guerras de guerrilha, nas quais perderam 20 mil de seus combatentes e abateram 2 mil soldados ingleses. A partir daí, o poder colonial foi exercido de modo menos destruidor até a década de 1930, quando emergiu o ativismo dos nativos, reivindicando seus direitos. Entretanto, nessa mesma época, com a Austrália já independente do poder colonial britânico, a discriminação racial contra qualquer indivíduo que não fosse de ascendência inglesa continuava. Entre 1910 e 1970, o governo da Austrália retirou dos pais e mães 100 mil crianças aborígenes – a maioria de pele mais clara, fruto de miscigenação –, internando-as em centros educativos para ocidentalizá-las culturalmente. Esse procedimento foi divulgado como "política de assimilação", mas as crianças objeto dessa ação ficaram conhecidas como a "geração roubada" (Cashmore, 2000, p. 25–30). Chegado o século XXI, depois de enfrentar períodos de guerras de extermínio alternados com ações paternalistas de controle, os aborígenes constituíam apenas 2,5% da população australiana, estimada em 23 milhões de habitantes (*Almanaque Abril*, 2014, p. 395), e permaneciam em condições bastante desfavoráveis.

ABORTO. No Brasil, denominação usual do abortamento, ato ou efeito de expulsar naturalmente o feto humano ou retirá-lo por meios artificiais, sem que este tenha condições de sobreviver fora do útero. Na linguagem científica, "aborto" é o produto da expulsão, ou seja, o feto morto e expelido no processo de interrupção da gestação. No momento de produção deste livro (primeiro semestre de 2025), a questão do aborto ainda era discutida em diversas partes do mundo, tendo por foco a aceitação ou a condenação da prática. Em 2022, depois de quase cinco décadas da legalização do aborto nos Estados Unidos, a Suprema Corte norte-americana revogou essa histórica decisão. Em 2022 e 2023, respectivamente, as cortes supremas de Colômbia e México descriminalizaram o aborto até a vigésima quarta semana de gestação. Quanto ao Brasil, em 2024 o abortamento continuava permitido apenas nos casos de gravidez com risco de vida à gestante, resultante de violência sexual e no caso de anencefalia (malformação do sistema nervoso central do feto). Entretanto, a ala evangélica do Congresso Nacional não admitia o aborto em nenhuma hipótese e trabalhava por sua criminalização. → DIREITO NATURAL.

AÇÃO AFIRMATIVA. Expressão que nomeia o conjunto de políticas públicas ou ações privadas criadas e desenvolvidas com o objetivo de eliminar, enquanto persistirem, condições ou situações que dificultem ou impeçam a determinados grupos sociais o acesso a diversos tipos e formas de oportunidades. Desse modo, buscam o aumento, a inclusão, a participação ou a ação de minorias, especialmente em ambientes como escolas ou locais de trabalho, para torná-los mais diversificados do ponto de vista humano. Exemplos cotidianos são os de atendimento prioritário, em bancos e estabelecimentos comerciais, a idosos, pessoas com deficiências, gestantes etc., bem como a criação de delegacias policiais para atendimento exclusivo a mulheres, pela especificidade dos tipos de crimes que mais vitimam pessoas do sexo feminino (Ibase, 2005, p. 7). É também mencionada como ação compensatória; COTAS RACIAIS; INCLUSÃO; MINORIAS.

AÇÃO COMPENSATÓRIA. → AÇÃO AFIRMATIVA.

AÇÃO DA CIDADANIA. Denominação abreviada de Ação da Cidadania contra a Fome, a Miséria e pela Vida, organização não governamental surgida no Brasil a partir do Movimento pela Ética na Política, lançado em 1993, no Rio de Janeiro. Iniciativa do sociólogo Herbert de Souza, o Betinho (1935–1997), criada com a missão de tirar 32 milhões de pessoas do flagelo da fome, desfruta de grande prestígio em todo o mundo. → MAPA DA FOME; SUBALIMENTAÇÃO.

AÇÃO SOCIAL. Iniciativa pessoal ou coletiva visando a concretizar a reivindicação de um grupo, no sentido da realização de algo necessário ao benefício de todos.

ACESSIBILIDADE. Garantia de livre acesso a um lugar ou objetivo. No universo dos direitos de cidadania, facilidade garantida, sobretudo a pessoas com deficiência física, ao direito de entrar, permanecer, movimentar-se e sair, sem empecilhos estruturais, tais como escadas, portas ou elevadores estreitos. Esse conceito, entretanto, vai além dos espaços físicos. A acessibilidade plena é aquela que garante, por exemplo, material didático inclusivo e tecnologia adequada; ruas, calçadas e pisos bem-cuidados (Novaes, 2018). A Lei Federal nº 10.098, de 19 de dezembro de 2000, estabelece "normas e critérios básicos para a promoção da acessibilidade das pessoas portadoras de deficiência ou com mobilidade reduzida".

ACNUDH. Sigla que identifica o Alto Comissariado das Nações Unidas para os Direitos Humanos, criado em 2009, com sede em Santiago do Chile. Sua missão é proteger os Direitos Humanos em nove países sul-americanos: Argentina, Bolívia, Brasil, Chile, Equador, Paraguai, Peru, Uruguai e Venezuela.

ADOÇÃO. Ato jurídico que cria entre duas pessoas relação análoga à que resulta da maternidade/paternidade e da filiação legítimas

(Nascentes, 1988). O ato atribui a condição de filho à pessoa adotada, desligando-a de qualquer vínculo com pai e mãe biológicos e demais parentes, salvo quanto aos impedimentos matrimoniais (artigos 1.618–1.829 do Código Civil Brasileiro).

ÁFRICA NEGRA. Antiga denominação outrora usada para designar a porção do território africano localizada abaixo do deserto do Saara. Excluía especialmente as terras de Argélia, Marrocos, Mauritânia, Saara Ocidental e Tunísia, bem como partes de Líbia e Egito, tidos como "árabes". Sabendo-se que essa designação não tem caráter apenas linguístico, chamamos atenção para o que nos parece uma denominação imprópria, geradora de eventuais estereótipos, lesivos aos Direitos Humanos das populações locais, mais acertadamente denominadas como "subsaarianas".

AFRICANOS, TÉCNICAS E SABERES. Até meados do século XX, de modo geral, a ideia que se tinha do continente africano era aquela que nos chegava através do cinema e das revistas infantojuvenis: vastidões de terras ocupadas por florestas impenetráveis e habitadas por nativos infantilizados, vivendo ao sabor da natureza. Entretanto, a partir da década de 1960, depois que quase todos os países africanos conquistaram sua independência política, a percepção da realidade africana que era publicada em livros desfazia a idealização anterior. Entre os europeus que tomaram para si a tarefa de desfazer essa visão deturpada, está o historiador britânico Basil Davidson (1914–2010), autor de uma vasta obra literária, em que se sobressai, entre outros, o livro publicado em português com o título *Mãe negra*. Nele encontramos a prova de que muitos dos africanos escravizados nas Américas eram detentores de conhecimentos que seus donos e senhores não dominavam. Vejamos alguns exemplos. Segundo Davidson, foram os negros africanos que introduziram os primeiros elementos de tecnologia na sociedade brasileira, pois em meados do século XIX já havia alguns deles trabalhando como carpinteiros, pedreiros, calceteiros (calçando ruas com pedras), impressores, pintores de tabuletas e decoradores, marceneiros e construtores de carruagens, fabricantes de ornamentos militares e de lâmpadas, prateiros (criando artefatos de prata), joalheiros e litógrafos. Essa enumeração Davidson trouxe do livro *Life in Brazil*, do viajante Thomas Ewbank, publicado em 1856, para em seguida explicar que no século XVII, além de serem a primordial mão de obra agrícola no Brasil, os negros trabalhavam também nas artes, nos ofícios, e na indústria que então se iniciava no país. Além disso, cultivavam o solo e criavam gado, extraíam minérios e acumulavam riquezas – não só para os patrões, mas também para eles mesmos. Em outro momento do livro, Davidson cita o geólogo alemão Von Eschwege, que seria autor da seguinte observação: "A Capitania das Minas Gerais parece ter sido a última em que o aproveitamento do minério de ferro e as técnicas de extração do metal foram aprendidas com os escravos africanos." À citação, o historiador acrescentou que o equipamento usado pelos africanos incluía um pequeno forno e um fole manual, tradicionais na África. Diante dessas e outras evidências, Davidson concluiu que o trabalho dos africanos escravizados no Brasil deve ser visto como um elemento ativo e criador, de grande importância na construção da sociedade nacional (Davidson, 1981, p. 14).

AFRO-BRASILEIRO. Termo que adjetiva o brasileiro de origem africana, ou seja, o negro brasileiro (Houaiss, 2001). Na atualidade, é também a designação de cada um dos descendentes de africanos retornados do Brasil para o continente de origem no fim do século XIX, os quais integram comunidades orgulhosas de sua cultura, permeada de elementos brasileiros. → NEGRO.

AJUDA HUMANITÁRIA. No âmbito da Organização das Nações Unidas (ONU), conjunto de atividades desenvolvidas não apenas com a finalidade de prevenir, manter, restabelecer, impor e consolidar a paz, como foi no passado. Na atualidade, o conceito inclui também as atividades que têm por objetivo minorar os efeitos negativos de conflitos violentos nas populações, especialmente onde autoridades responsáveis não têm possibilidade ou se recusam a fornecer às populações o apoio necessário.

ALCOOLISMO. Consumo abusivo de bebida alcoólica, causador de manifestações patológicas e dependência. Na forma crônica da doença, o enfermo é incapaz de se abster do álcool, embora ocasionalmente não se embriague. Entretanto, mesmo nesse caso os danos físicos e mentais se tornam evidentes. Do ponto de vista social, o alcoolismo é visto como uma calamidade pública, por dar margem a desajustes conjugais e desagregação familiar, como também motivar restrições ao exercício da cidadania. **Alcoolismo feminino**. No Brasil, pesquisas recentes, como as do Centro de Informações sobre Saúde e Álcool, revelam, por exemplo, que o número de mortes de mulheres causadas por consumo abusivo de álcool aumentou 7,5% entre os anos 2010 e 2021, enquanto entre os homens esse número caiu 4,8%. Os dados revelam, ainda, que as taxas de internação hospitalar subiram 5% entre as mulheres enquanto entre os homens houve redução de 13% (Disitzer, 2023, p. 22–23). O machismo da sociedade torna o alcoolismo feminino ainda mais trágico que o dos homens.

ALFABETIZAÇÃO. Ato ou efeito de alfabetizar; ensinar a ler e escrever. No Brasil, educação é um direito de todos os cidadãos e promovê-la é um dever do Estado e da família, conforme o artigo 205 da Constituição Federal. **Combate ao analfabetismo**. Na década de 1990, cerca de metade da população mundial era considerada analfabeta, segundo avaliação da Unesco. Por esse motivo, uma das prioridades dessa organização era a luta contra o analfabetismo, pelo que outras entidades internacionais se empenharam em grandes campanhas de alfabetização de adultos, com ênfase no ensino de leitura, escrita e cálculos matemáticos. O método criado pelo educador e filósofo brasileiro Paulo Freire (1921–1999), que parte de situações concretas e cotidianas vividas pelas classes populares, com o objetivo declarado de "conscientização", foi posto em prática no Nordeste brasileiro entre os anos 1942 e 1962 e é hoje mundialmente conhecido e utilizado, embora seja demonizado por agentes políticos e governos de orientação direitista. ***Pedagogia do oprimido***. No livro assim intitulado, Paulo Freire desenvolveu um método pedagógico revolucionário, com base na ideia de que aprender a ler e o ato da leitura constituem, juntos, um evento politicamente transformador. Com a publicação do livro em inglês, no ano de 1970, os programas de alfabetização de Freire ganharam importância em todo o mundo, tanto em países em desenvolvimento quanto naqueles já industrializados. Com eles, muitos governos progressistas procuram libertar seus cidadãos dos malefícios resultantes do analfabetismo e da alfabetização incerta, sem critérios definidos, além de sistemas educacionais em que os alunos são vistos como simples e passivos recebedores da informação (Cashmore, 2000, p. 218–220), o que quase sempre leva à situação conhecida como analfabetismo funcional. → ANALFABETISMO FUNCIONAL; COMPROMISSO NACIONAL CRIANÇA ALFABETIZADA; ESCOLA TIA CIATA; UNESCO.

ALIMENTOS ULTRAPROCESSADOS. Expressão que designa alimentos e bebidas produzidos mecanicamente, por meio de processamento artificial, em escala industrial. Em 2023, o prefeito do Rio de Janeiro sancionou a Lei nº 7.987/23 proibindo esse tipo de alimentação em escolas públicas e particulares, onde era geralmente consumido em forma de biscoitos, bolos, sanduíches, sucos embalados, refrigerantes etc. A decisão veio da constatação de que tais alimentos e bebidas são, de modo geral, nocivos à saúde, especialmente de corpos humanos em formação, porque o processamento industrial altera química, física e biologicamente os alimentos naturais, e mais ainda quando inclui o uso de conservantes.

ALTERIDADE. Conceito filosófico que encerra a ideia de que todo ser humano em sociedade obrigatoriamente interage com outro, numa relação de interdependência. Isso ocorre porque as relações humanas se estabelecem por meio de contrastes, distinções e diferenças. Em outra perspectiva, alteridade é a situação, qualidade ou estado do que é diferente e, por isso, considerado "errado" pelos cânones vigentes. Correntes da moderna Filosofia reivindicam, principalmente no caso das tradições orais, o direito à alteridade, ou seja, de serem reconhecidas como tão legítimas quanto os saberes assim consagrados.

ALUGUEL SOCIAL. Recurso assistencial destinado a atender, em caráter de urgência, famílias que se encontram sem moradia. Consiste em ajuda pecuniária mensal, concedida pelo órgão público competente, por determinado período de tempo, com valor equivalente ao custo de um aluguel popular na área indicada.

AMBIENTE. Conjunto dos elementos físicos, químicos e biológicos que, interagindo entre si e com os demais ecossistemas existentes na Terra, tornam possível a vida no planeta. Tudo o que envolve os seres vivos e/ou as coisas (Houaiss, 2001). → ECOSSISTEMA.

AMEFRICANIDADE. Conceito criado pela antropóloga afro-brasileira Lélia Gonzalez (1935–1994) para denominar a experiência de mulheres e homens negros na diáspora africana, bem como a experiência de mulheres e homens indígenas contra a dominação colonial.

O vocábulo é formado pela aglutinação dos nomes América e África. → DIÁSPORA.

ANALFABETISMO FUNCIONAL. No âmbito do ensino fundamental, situação em que uma pessoa, embora minimamente capacitada a entender a combinação das letras em frases e textos curtos, bem como a dos números em operações matemáticas, não consegue interpretar o que está escrito nem realizar operações matemáticas.

ANCESTRALIDADE. Palavra que designa a relação do ser humano com seus familiares, próximos ou remotos; a herança, sobretudo espiritual e moral, deixada por esses antepassados; legado. **Ancestralidade brasileira.** A ancestralidade do povo brasileiro provém dos diferentes grupos formadores da sociedade nacional mencionados no artigo 216 da Constituição Federal. Entre eles, contam-se: os povos originários; os imigrantes europeus e asiáticos; e os indivíduos provenientes da África, sobretudo os embarcados à época do tráfico negreiro, nos atuais territórios de Angola e República Democrática do Congo (no centro-oeste do continente) e de Nigéria, Benim e vizinhanças, na porção oeste da África, outrora referida como Sudão. No século XVII, a poderosa Companhia Holandesa das Índias Ocidentais detinha o monopólio do tráfico negreiro entre a África Ocidental e o Brasil, e lutava pelo controle da produção e comercialização do açúcar, base econômica da colonização do Brasil pela monarquia portuguesa. Esse foi o estopim das Invasões Holandesas, conflito no qual as administrações coloniais portuguesas no Brasil e em Angola se uniram contra o inimigo comum, e assim, tendo o Brasil como sede da resistência, as ligações políticas e econômicas entre as duas colônias se tornaram tantas e tão estreitas que algumas vozes da época chegaram a dizer que Angola era uma "província portuguesa do Brasil" (Lopes, 2011, p. 62). Dos cerca de 10 milhões de cativos que chegaram vivos ao continente americano entre os séculos

XVI e XIX, mais de metade era procedente da região de Angola e vizinhanças. Outro dado é que até 1850 os escravizados que embarcaram em portos do atual litoral angolano e vizinhanças somavam cerca de 70% do total dos africanos que chegaram ao Brasil. Segundo o historiador Roquinaldo Ferreira, entre os séculos XVII e XIX, a travessia de Angola para o Brasil teria sido a rota mais usada pelo tráfico negreiro (Gomes, 2019, p. 209), daí a fortíssima presença de elementos dessa origem na ancestralidade afro-brasileira, o que se nota na remanescência de palavras dos idiomas quimbundo, quicongo e umbundo no vocabulário brasileiro. Angu, bunda, caçamba, caçula, carimbo, cuíca, dengo, dengue, jongo, macumba, mafuá, moleque, muxoxo, quiabo, quindim, quitanda, samba, sunga, umbanda etc. são apenas algumas entre centenas ou milhares delas. Sobre os ancestrais oeste-africanos do povo brasileiro, sabemos que a entrada massiva de escravizados dessa procedência se deu mais provavelmente a partir da descoberta de jazidas na região das Minas Gerais no século XVIII. E, segundo Parés (2006, p. 29), esses trabalhadores forçados usavam a forma de expressão que se convencionou chamar de "língua geral da mina" e que refere o porto onde eram embarcados nos navios negreiros. A denominação talvez se refira a uma língua franca falada a partir do antigo reino de Daomé, na atual República do Benim. Entre os séculos XVIII e XIX, chegaram contingentes maiores de falantes do nagô, base da língua hoje conhecida como iorubá (Parés, 2006, p. 30), que enriqueceu o léxico do português falado no Brasil, sobretudo com termos tanto de sua prática religiosa quanto de seu cotidiano leigo – como abadá, afoxé, agogô, axé, bobó, vatapá, xinxim etc. Assim, podemos afirmar que a maior parte da ancestralidade afro-brasileira tem origem em dois núcleos principais: o dos povos bantos do centro-oeste africano (atuais Angola, República Popular do Congo e regiões vizinhas), majoritário; e o dos sudaneses do oeste (atuais Nigéria, Benim, Togo etc.). Vale ressaltar que os ciclos da economia e o tráfico interno espalharam indivíduos bantos por quase todo o atual território brasileiro; além disso, concentraram os sudaneses (nagôs, jejes etc.) primeiro nas atuais terras de Minas Gerais e de lá para o Nordeste, sobretudo nos estados de Bahia, Pernambuco, Maranhão e áreas próximas, além, evidentemente, da capital imperial, Rio de Janeiro. → JEJE; NAGÔ.

ANTISSEMITISMO. Espécie de sentimento racista, às vezes expresso em ações, direcionado a pessoas de origem judaica. O vocábulo tem origem no nome bíblico Sem, um dos filhos do patriarca Noé, tido como o ancestral mitológico do conjunto de povos também chamados "semitas". No Brasil, as sanções para esse tipo de ação delituosa são as estabelecidas na Lei nº 14.532 de 2023, que pune o racismo e a injúria racial. → INJÚRIA RACIAL.

APAGAMENTO. Ação ou atitude de indiferença coletiva em relação à identidade, história e cultura de um grupo, para tornar seus componentes coletivamente invisíveis, ou seja, desnecessários, incapazes de qualquer ação consequente (Delgado; Stefancic, 2021). → SAMBA.

APARTHEID. Regime político e social de segregação entre brancos e negros vigente na África do Sul de 1948 a 1994. A separação natural, costumeira, ocorria desde o século XVII, quando da chegada dos primeiros colonizadores holandeses, e foi adotada como lei com a organização, pelos brancos, do Partido Nacional. Na década de 1990, depois de insurreições cruentas, entre as quais o célebre Levante de Soweto, em 1976, o Partido Nacional foi renomeado, sendo dissolvido em 2005. Em 1994, com a eleição do líder Nelson Mandela como presidente da República, o *apartheid* teve fim, embora o efetivo "lugar de negro" continuasse sendo o dos territórios chamados de bantustões. Observe-se que o termo *apartheid* vem do africânder, língua falada na África do Sul, com o sentido aproximado de "estado [condição] de separação".

APÁTRIDA. Indivíduo que perdeu sua cidadania sem ter adquirido outra; aquele que não é considerado cidadão por nenhum país; ou estrangeiro que se refugia em um país em razão de sua pátria ter sido conquistada (Nascentes, 1988).

APOROFOBIA. Neologismo criado pela filósofa espanhola Adela Cortina Orts com o significado de "ódio, repugnância ou hostilidade ante o pobre, sem recursos, desamparado". A origem estaria nos termos gregos *áporos* (pobre), e *fobéa* (aversão) (Cortina Orts, 2022, p. 28). Esse conceito aprofunda a percepção sobre outros comportamentos, como xenofobia e racismo. → XENOFOBIA; RACISMO.

APROPRIAÇÃO CULTURAL. Ato ou efeito de um indivíduo ou grupo adotar elementos culturais característicos de outro grupo diverso do seu, em campos como os de artes, comportamento, estética, linguagem, religiosidade e em outros aspectos específicos.

AQUECIMENTO GLOBAL. Fenômeno da natureza resultante da interação da radiação solar com os componentes da atmosfera. Ocorre desde a formação do globo terrestre – o planeta em que vivemos –, mas vem aumentando de modo intenso e perigoso. A causa da aceleração, segundo os conhecimentos científicos, é a ocorrência, no mundo atual, da conjunção de diversos agentes poluidores, como os desmatamentos que transformam partes da superfície terrestre em desertos, bem como a atividade humana em si, provocando a liberação, no ar, de gases que modificam a composição química da atmosfera (*Dicionário Barsa*, 2009, verbete "Aquecimento global"). → CLIMA.

ARIANOS. Denominação originária do sânscrito (língua ancestral do Nepal e da Índia), através do vocábulo *aryas*. Foi usada a partir do século XIX, no ambiente do chamado "racismo científico", para designar os integrantes de uma civilização tida como superior, colocada no topo de uma imaginária escala de valores na qual as "raças" negra e amarela figuravam na base (Cashmore, 2000, p. 74). → RACISMO CIENTÍFICO; SUPREMACISMO.

ARMAMENTISMO. → ARMAMENTISTA.

ARMAMENTISTA. Partidário do armamentismo, doutrina ou ideologia que recomenda o aumento do material bélico das nações com o objetivo de evitar guerras (Nascentes, 1988). No ambiente convulso de diversas grandes cidades nos dias de hoje, a facilitação indiscriminada do acesso a armas de fogo, ao invés de pacificar, tem contribuído para o aumento da criminalidade e dos acontecimentos fatais. No Brasil, segundo dados dos institutos Sou da Paz e Igarapé, entre 2018 e 2022, por força da política armamentista adotada pelo governo federal do período, a posse de armas por civis foi multiplicada exponencialmente, chegando a 3 milhões de armas de fogo registradas, não incluídos os armamentos institucionais, de uso dos órgãos públicos de segurança.

ASILO. Abrigo, refúgio, guarida. Lugar onde se acolhem indivíduos perseguidos; estabelecimento de caridade que abriga pessoas vulneráveis, como crianças órfãs, idosos, pessoas em situação de rua etc. **Asilo político**. Proteção dada por um Estado ao estrangeiro perseguido pelas autoridades de seu próprio país. Assegurado pela Declaração Universal dos Direitos Humanos, no Brasil é garantido pela Constituição Federal de 1988. → EXÍLIO.

ASSÉDIO MORAL. Prática ilícita tipificada na Lei Federal nº 10.224 de 2001. Outrora denominado "constrangimento ilegal", configura-se pela exposição de pessoas a situações humilhantes e constrangedoras no ambiente de trabalho, de forma repetitiva e prolongada, no exercício de suas atividades laborais. O enquadramento como ilícito se justifica pelos danos que traz à dignidade, à integridade e à saúde da vítima.

ASSIMILAÇÃO. No campo das Ciências Humanas, processo, forçado ou espontâneo, em que um indivíduo ou povo se torna, aos poucos, semelhante a outro, mais forte ou mais numeroso, que sobre aquele exerce influência. Historicamente, assim se deu, em todo o mundo, entre povos colonizados e seus colonizadores. No sentido inverso, registraram-se na Inglaterra, por exemplo, casos de localidades onde usos e costumes de imigrantes jamaicanos foram adotados por jovens ingleses brancos e também asiáticos. Há também casos de crianças negras de outros grupos de imigrantes africanos que usam como veículo de comunicação oral a língua inglesa como é falada na Jamaica. Esses exemplos diferem bastante da assimilação forçada imposta a nativos dos antigos territórios coloniais, na África e nas Américas, por colonizadores europeus, mas são exemplificados em Cashmore (2000).

ASSISTÊNCIA SOCIAL. Conjunto de medidas através das quais um Estado ou organização não governamental se propõe a fornecer proteção a pessoas, famílias ou comunidades no enfrentamento de dificuldades, utilizando benefícios, serviços, programas ou projetos criados com esses fins específicos. → PREVIDÊNCIA SOCIAL.

ASSOCIAÇÕES NEGRAS. No período imediatamente posterior à abolição do escravismo no Brasil, além da luta pela sobrevivência, o povo negro soube também batalhar por melhores condições de vida, por meio da criação de associações de diversas naturezas, tanto trabalhistas quanto recreativas. Na Capital Federal, Rio de Janeiro, destacou-se, por exemplo, a Companhia dos Homens Pretos, fundada em 1903, congregando os estivadores (transportadores braçais de carga) no cais do porto carioca. Popularmente conhecida como Resistência e tida como a primeira organização sindical do país, em seu ambiente nasceu o célebre Rancho Carnavalesco Recreio das Flores e, na década de 1940, o projeto de fundação do Grêmio Recreativo Escola de Samba Império Serrano. Por todo o país, num cenário político de forte marginalização e exclusão, essas entidades teceram uma trama de grande importância para a construção da identidade nacional (Santos, 2002, p. 204–205).

ATIVISMO. Ação de propagar e executar iniciativas em prol de uma ideologia, um partido político ou qualquer tipo de organização. O mesmo que militância. → MILITÂNCIA.

ATLÂNTICO NEGRO. Expressão criada na década de 1990 pelo sociólogo inglês Paul Gilroy para designar o espaço coberto pelo oceano Atlântico entre os litorais oeste-africano e brasileiro, trecho bastante navegado na época do tráfico negreiro. Com a designação, o sociólogo explicitava a ideia de que nesse espaço as duas margens oceânicas apresentam muito mais semelhanças e conexões do que diferenças entre si (Torres, 2015).

AUDIÊNCIA DE CUSTÓDIA. No Direito brasileiro, ato do processo penal em que o acusado de um crime preso em flagrante tem direito a ser ouvido por um juiz para avaliação da legalidade ou não de sua detenção. O termo "audiência" significa o ato de ouvir, com atenção, a fala de outra pessoa – no caso, o juiz; e "custódia" é sinônimo de "proteção".

AUTISMO. Termo usado pioneiramente pelo cientista suíço Eugen Bleuler, em 1911. Designa o que é conhecido hoje como Transtorno do Espectro Autista (TEA), resultado de alterações físicas e funcionais do cérebro humano, relacionadas ao desenvolvimento motor, à linguagem e ao comportamento. Por afetar atitudes e procedimentos do portador, pode ocasionar preconceito, discriminação e violação de seus direitos de cidadania.

AUTÓCTONE. Individuo "natural da região em que habita; e descendente dos que sempre ali habitaram" (Nascentes, 1988). → POVOS ORIGINÁRIOS.

AUTOESTIMA. Qualidade de quem se valoriza, se contenta com seu modo de ser, e por isso demonstra confiança em seus atos e julgamentos (Houaiss, 2001). O racismo, em todos os seus aspectos, opera no sentido da perda da autoestima de quem sofre sua ação destruidora.

AUTOR. Pessoa física criadora de obra literária, artística ou científica. A ele, segundo o artigo 5º da Constituição brasileira de 1988, pertence o direito exclusivo de utilização, publicação ou reprodução de suas obras, transmissível aos herdeiros. → DIREITO AUTORAL.

AUTORIDADE MARITAL. Nas uniões conjugais do passado brasileiro recente, poderes e direitos conferidos por lei ao marido, para, na vigência do casamento, administrar os bens do casal e para restringir ou suprimir a capacidade da mulher. A esse respeito, a Constituição de 1988 estabelece, no parágrafo 5º de seu artigo 226, o seguinte: "Os direitos e deveres referentes à sociedade conjugal são exercidos igualmente pelo homem e pela mulher."

AUTORITARISMO. Regime político que tem como norma e princípio a autoridade, aplicada, com frequência, em prejuízo da liberdade individual → DITADURA.

B

BAILARINA. Termo usado a partir da década de 1940, aproximadamente, para designar, nas casas noturnas conhecidas como *dancings*, a dançarina profissional remunerada pela quantidade de danças "de par enlaçado", com diversos "cavalheiros", que executasse, sem poder recusá-los, a cada noite de trabalho. Sendo às vezes confundidas com prostitutas, o que na época representava uma condenação irremediável, essas profissionais foram retratadas no samba-canção "Vida de bailarina", dos compositores Chocolate e Américo Seixas, lançado em disco com grande sucesso em 1953 na voz da cantora carioca Ângela Maria, então grande estrela da popularíssima Rádio Nacional (Sovik, 2009, p. 127-129).

BALUARTE. Na tradição das escolas de samba, irradiada do Rio de Janeiro para diversas partes do Brasil, sambista de valor, por seus méritos e pela dedicação à agremiação a que pertence. O termo tem origem em *balwert*, "sustentáculo", "fortaleza inexpugnável", na antiga língua alemã (Nascentes, 1988), e chegou ao mundo do samba provavelmente à época da Segunda Guerra Mundial. → SAMBA.

BANCADA NEGRA. No Congresso Nacional brasileiro, denominação do colegiado criado em novembro de 2023 com o objetivo declarado de "fortalecer o debate sobre a igualdade étnica e racial no país." Embora abrigando automaticamente todos os parlamentares autodeclarados pretos ou pardos, o grupo aglutinou apenas 118 deputados e deputadas, de diversas filiações e orientações políticas, entre os 513 congressistas que compõem o Poder Legislativo eleito em 2022. Além disso, alguns dos incluídos não se interessam em discutir as pautas antirracistas da bancada.

BANTUSTÃO. → *APARTHEID.*

BARBÁRIE. Crueldade, ferocidade; maldade expressa na prática de atos demonstrativos de incivilidade. O termo vem de *barbaria*, com que os antigos romanos adjetivavam o conjunto dos países estrangeiros, exceto a Grécia. → VANDALISMO; CIVILIDADE.

BARRACÃO. No Rio de Janeiro, tipo antigo de habitação das favelas, com paredes de madeira e teto de folhas de zinco. A denominação reduziu-se a "barraco", englobando construções com outros materiais.

BELEZA NEGRA. O substantivo "beleza" designa, entre outras possibilidades, a qualidade do que é belo, seja em relação à forma, às proporções esteticamente harmônicas etc., dentro de uma escala ideal de perfeição. O conceito é bastante amplo, variando no tempo, no espaço geográfico e no ambiente cultural. Assim, o que foi considerado belo em um século pode não ter sido mais no seguinte, e o que é bonito na Europa pode não o ser na África ou na Ásia. **A cor da beleza.** A idealização e a angelização da branquitude, abordadas no verbete respectivo, são componentes essenciais da ideologia supremacista que durante muito tempo, em termos de beleza física, colocou o tipo caucásico ou caucasoide no topo da pirâmide. Assim, entre os anos de 1890 e 1930 surgiram iniciativas de mulheres negras que, a partir dos Estados Unidos, criaram um setor da indústria de cosméticos voltado exclusivamente para seu próprio segmento étnico-racial. Tais iniciativas foram vistas erroneamente como tentativas fúteis de embranquecimento físico. Entretanto, como escreveu a brasileira doutora em História Giovana Xavier no livro *História social da beleza negra*, com o uso de cremes clareadores de pele e produtos alisantes de cabelos o objetivo das usuárias negras não era o de parecer brancas, e sim de cuidar da aparência, em legítima defesa, em um tempo e em um ambiente no qual mulheres e homens negros eram alvo frequente até mesmo de linchamentos. **Nariz negroide.** No Brasil, um dos exemplos mais chocantes de negação racista da beleza negra foi a publicação, em 1970, sob o governo do general Garrastazu Médici, no *Boletim do Centro de Estudos do Hospital dos Servidores do Estado*, instituição federal de excelente reputação pública, de uma monografia intitulada *Nariz negroide: correção cirúrgica*. Assinado por um grupo de médicos tendo à frente Vinícius Faria, o trabalho partia da falsa premissa de que o nariz negroide seria feio, reforçando um estereótipo e criando uma necessidade inexistente, já que a cirurgia de que trata o trabalho tinha caráter meramente estético. O texto afirmava:

> [...] o crescimento da população branca é indiscutível e se faz em números alentadores em todo o Brasil. [...] O crescimento da população mestiça fará com que ela chegue um dia ao branco, tendo partido do branco. [...] Por tudo isso, quanto mais o mestiço se sentir afastado do elemento negro, maior será a sua vontade de retirar da face e, consequentemente, do nariz, os estigmas que permitam lembrar a sua origem, fato que redundará, como é claro, numa tarefa grande para aqueles que se dedicam à cirurgia plástica, enfrentando o problema social já grande e que crescerá com o correr do tempo. [...] Procedemos à osteotomia, aumentamos o dorso do nariz e mudamos mais para dentro da aza [*sic*] nasal. Com isso, retiramos os caracteres típicos do nariz negro e lhe damos aspecto de nariz branco.

CONCURSOS DE BELEZA. Durante muito tempo, em diversos países da diáspora africana, os concursos de beleza feminina foram um veículo para a afirmação das mulheres afrodescendentes. Colocando em julgamento seus dotes físicos dentro de uma escala de valores estéticos que os negava, elas mostravam que havia outros tipos de beleza física além daquela representada pelo padrão europeu. Os movimentos feministas, entretanto, condenaram duramente tais concursos, os quais, com relação às afrodescendentes, foram historicamente incentivados por entidades respeitáveis como o Teatro Experimental do Negro e divulgaram o nome de associações como o carioca Renascença Clube. Nos anos de 1970, entidades do movimento negro brasileiro realizaram festividades como "A noite da beleza negra" e escolheram representantes em eventos politizados. Apesar das críticas, em 2023, em Salvador, Bahia, o bloco afro Ilê Aiyê ainda mantinha em sua programação o evento Deusa do Ébano, de escolha da sua representante nas festividades do carnaval.

BIROSCA. → TENDINHA.

BLACK LIVES MATTER. Expressão na língua inglesa, traduzida em português como "vidas negras importam". Mundialmente conhecida, intitula o movimento antirracista deflagrado nos Estados Unidos em 2013, a partir da absolvição, no ano anterior, do vigilante George Zimmerman, autor dos disparos de arma de fogo causadores da morte do jovem afro-americano Trayvon Martin. Em maio de 2020, depois de outros casos semelhantes, ocorreu o assassinato do cidadão afro-estadunidense George Floyd, morto por asfixia num crime que, ao repercutir mundialmente, inclusive no Brasil, deu visibilidade ainda maior ao movimento.

BOÇAL. Indivíduo estúpido, grosseiro. Durante a época escravista, assim era qualificado, aleatoriamente, qualquer africano escravizado recém-chegado ao Brasil, por não se comunicar em português.

Já aqueles que sabiam falar português, tinham noções da religião cristã e sabiam executar alguns tipos de serviço eram chamados de "ladinos" (Nascentes, 1988). → CRIOULO.

BRANQUEAMENTO. Processo ou efeito de branquear; tornar mais branco; embranquecer (Houaiss, 2001). Um dos objetivos que conduziram a política imigracionista dominante no Brasil, dos tempos coloniais até a Primeira República, foi a possível mudança gradativa da aparência dos brasileiros mestiços para que, através da miscigenação com imigrantes europeus, a população fosse "embranquecendo" até o desaparecimento do fenótipo africano. Essa expectativa foi vocalizada pelo antropólogo João Batista de Lacerda, enviado, em 1911, pelo presidente Hermes da Fonseca, ao I Congresso Universal de Raças, realizado em Londres (Oliveira: Prefácio, fls. 4, em Müller, 2008). No entanto, o branqueamento da população brasileira não ocorreu como se esperava. → IMIGRACIONISMO; MISCIGENAÇÃO; RACISMO CIENTÍFICO.

BRANQUITUDE. Neologismo criado como antônimo do vocábulo em francês *négritude*. É usado para designar o conjunto de valores da coletividade dos seres humanos etnicamente definidos como brancos. Essa condição confere aos indivíduos que dela dispõem algo como uma riqueza, um "capital". Isso é o que se lê no *Manual de educação jurídica antirracista*, assim exposto: "O fato de ser lido como branco, pela sociedade, confere ao indivíduo um conjunto de 'bens jurídicos', de privilégios que o distinguem dos demais (como o direito de não ser seguido pelos seguranças ao entrar em uma loja, ou não ser barrado na entrada de bancos e estabelecimentos comerciais). Neste caso, branquitude funciona como um capital, que confere ao seu possuidor uma gama enorme de prerrogativas" (Moreira *et al.*, 2022, p. 72). → CAUCASIANO; CONSCIÊNCIA NEGRA; NEGRITUDE.

BRASILIDADE. Condição ou característica peculiar que qualifica alguém como efetivamente brasileiro. Na chamada Era Vargas (1930–1945), a difusão da cultura nacional por todo o país foi um dos programas de governo mais bem-sucedidos. Com o rádio como principal meio de comunicação de massa, a população teve acesso a uma rica variedade de manifestações e novidades. Com o samba como gênero musical mais prestigiado, o governo incentivou o surgimento de um novo estilo, calcado exatamente na brasilidade. Nasciam aí obras imortais do cancioneiro popular verde-amarelo como "Aquarela do Brasil", de Ari Barroso, lançada em 1939, e "Exaltação à Bahia", de Vicente de Paiva e Chianca de Garcia, de 1943. Nessa época foram compostos diversos sambas exaltando a Bahia, considerada então uma espécie de cartão-postal da brasilidade.

BREAK. Gênero de dança ou performance de rua praticado nos bairros negros norte-americanos com movimentos acrobáticos cada vez mais vigorosos e complexos. Popularizado internacionalmente na segunda metade da década de 1980, chegou ao Brasil e à juventude das comunidades periféricas no contexto da chamada cultura hip-hop em cidades como São Paulo, Rio de Janeiro e Salvador. Finalmente reconhecido como um misto de arte coreográfica e esporte, o *break* saiu dos guetos e das periferias para se tornar modalidade competitiva nas Olimpíadas de Paris, em 2024. Observe-se que em português o verbo inglês *break* se traduz principalmente como "quebrar". → HIP-HOP.

BULLYING. Vocábulo da língua inglesa que designa a prática de intimidação sistemática em função de presumida superioridade, praticada por uma *bully*, pessoa cruel e covarde (*The American Heritage Dictionary*, 1991). A prática desse tipo de ação persecutória dirigida a uma pessoa mais frágil era conhecida desde muito tempo em ambientes como escolas, empresas, quartéis etc., sem maiores consequências.

Entretanto, a ocorrência de danos mentais, suicídios e outros malefícios entre pessoas alvo desse tipo de agressão acendeu algumas luzes. Assim, no Brasil, a Lei nº 13.185, de 2015, que instituiu o Programa de Combate à Intimidação Sistemática, já previa a figura do *bullying*, mas sem estabelecer punição específica para essa prática delituosa. Até que em 15 de janeiro de 2024 o delito, já convenientemente nomeado como "intimidação sistemática", foi tipificado como crime e inserido no Código Penal Brasileiro. Se cometido por meio digital, o crime, aí designado *cyberbullying*, deve receber pena mais severa.

BRUXARIA. Utilização de forças sobrenaturais com objetivos maléficos de qualquer natureza, inclusive a morte. Importante notar que, nas sociedades africanas tradicionais, os manipuladores de forças da natureza são sempre vistos e nomeados como pessoas "do bem" (curandeiros etc.) e "do mal" (feiticeiros, bruxos etc.), vivendo estes, de modo geral, afastados das comunidades, e não raro punidos por suas ações destruidoras. Na Europa é célebre o movimento de perseguição religiosa conhecido como "caça às bruxas", ocorrido entre os séculos XVI e XVIII. Na atualidade, as perseguições, ainda ocorrentes, podem ser interpretadas por um viés político, mais econômico que doutrinário. Esse pode ser o caso dos conflitos de interesses entre igrejas neopentecostais e casas de culto afro no Brasil. → INTOLERÂNCIA RELIGIOSA; EVANGÉLICOS; PROTESTANTISMO.

BURGUESIA. Classe social surgida na Europa medieval. A partir da Revolução Francesa, no fim do século XVIII, ganhando liberdade, poder e riqueza, passou a ser a classe dominante. Nesse mesmo período histórico, no contexto da Revolução Industrial – eclodida na Inglaterra –, passou a ser dividida em três camadas: alta, média e pequena burguesia. No Brasil, esta última denominação é às vezes usada em lugar de "classe média".

C

CABEÇA DE PORCO. Antiga denominação popular para qualquer habitação coletiva desprovida de conforto, pela quantidade de moradores que ocupam o mesmo espaço; o mesmo que cortiço. O nome provém de "uma estalagem anti-higiênica" outrora existente no centro carioca, demolida pela prefeitura do Distrito Federal em 1893 (Nascentes, 1966). → CORTIÇO.

CABELO NATURAL. Na década de 1960, a partir dos Estados Unidos, expandiu-se um movimento de estimulo ao uso, por mulheres e homens negros, do cabelo natural, sem alisamento, como afirmação de orgulho da negritude. A onda inspirou a moda mundial do cabelo em estilo *black power*, estreitamente relacionada ao movimento pelos direitos civis, marco na história deste país (*O livro da história negra*, 2021, p. 324).

CABOCLO. No Brasil, uma das denominações do indivíduo mestiço de indígena com branco ou que aparenta esse tipo de descendência. Também pode designar entidade espiritual cultuada na umbanda e em linhas de culto similares, como o "candomblé de caboclo".

CADUCO. Adjetivo, usado ofensivamente, para qualificar pessoa que perdeu parcialmente o juízo, em decorrência de idade avançada ou transtorno mental (Houaiss, 2001).

CAINGANGUE. Povo indígena localizado em partes dos territórios dos estados de Rio Grande do Sul e São Paulo. → INDÍGENAS.

CAIPIRA. → JECA TATU.

CALIBAN. Personagem central da peça de ficção teatral *A tempestade*, do inglês William Shakespeare (1564–1616). Filho monstruoso de uma feiticeira com um demônio, sempre revoltado, é descrito como um escravo selvagem e deformado. Em algumas interpretações, Caliban foi tido como o protótipo do negro africano.

CANDOMBLÉ. Modalidade de culto religioso brasileiro de matriz africana, difundida a partir da Bahia, que forneceu as bases para a maior parte das outras religiões dessa mesma raiz, surgidas após sua estruturação, entre os séculos XVIII e XIX. Reverenciando divindades ainda cultuadas na África, entre povos falantes dos idiomas iorubá e ewe-fon – localizados nas atuais repúblicas de Benim e Nigéria –, é similar a outras formas religiosas existentes nas Américas, notadamente à *santería* cubana. Caracteriza-se pela presença de sacerdócio hierarquicamente organizado, com posições e cargos definidos, e pelas divindades que cultua, os orixás. Nos anos de 1940, os líderes dos candomblés baianos – muitos deles se comunicando na língua iorubá – eram vistos como integrantes de uma espécie de realeza, o que lhes conferia certo prestígio simbólico e os fazia sentir-se menos inferiorizados em relação ao restante da população. Nessa época o linguista afro-americano Lorenzo Turner mostrava, na Nigéria e no Benim, gravações sonoras de cânticos rituais colhidos na Bahia, os quais foram perfeitamente entendidos pelos ouvintes (Torres, 2015). A denominação "candomblé" – certamente criada no Brasil, mas fora do ambiente de origem dessa modalidade religiosa – vem de uma das línguas do grupo banto, provavelmente do quimbundo ou do quicongo, faladas nos atuais territórios de Angola e Congo. → BANTO → ORIXÁ.

CAPACITISMO. Palavra de uso recente na língua brasileira, provavelmente por influência do inglês *capacity* (capacidade). Designa a espécie de discriminação de que são vítimas, por preconceito, pessoas com deficiência física ou mental tidas como incapazes.

CAPITALISMO. Em Economia, "capital" é toda riqueza capaz de produzir renda; e "capitalismo" é o sistema econômico baseado na licitude da propriedade de bens privados e na irrestrita liberdade de comércio e indústria, tendo como principal objetivo a obtenção de lucro (Houaiss, 2001). **Capitalismo e escravidão africana.** Em nome do capital, da produtividade e da livre concorrência, as colônias que viriam a constituir os Estados Unidos da América, sobretudo as do sul, escravizaram e torturaram milhares de pessoas. Estimulados pela demanda por algodão cru, surgida com a Revolução Industrial na Grã-Bretanha, em apenas setenta anos (1790 a 1860) os Estados Unidos viram subir de cerca de 700 mil para 4 milhões o número de trabalhadores escravizados, no território mencionado. O mesmo ocorreu em Cuba, que entre 1810 e 1840 assumiu a liderança nos mercados mundiais de açúcar, e no Brasil, onde as fazendas de café se expandiram em números astronômicos, suprindo a demanda mundial por esse bem de produção. Durante quase toda a década de 1830, entre 80 mil e 100 mil africanos escravizados entraram nos portos de Havana e Rio de Janeiro. As instituições financeiras e comerciais se alimentaram da humilhação obscena, da tortura sistemática e do estupro de várias gerações de pessoas negras. Ou seja, a prosperidade e a modernização dos Estados Unidos da América resultaram da expansão da escravidão de homens, mulheres e crianças negras nas oito décadas que se seguiram à independência norte-americana, ocorrida em 1776. Assim, o capitalismo e a riqueza que este gerou foram absolutamente dependentes do trabalho forçado de africanos e afro-americanos, o que destrói os argumentos de que a prosperidade e o avanço do mundo ocidental se deveram apenas aos saberes e haveres herdados do Direito romano, da Filosofia grega e da moral cristã (Baptist, 2019). **Brasil, anos 1970**. Em 1976, o sociólogo e historiador Caio Prado Júnior observava a situação de dependência e subordinação da economia brasileira no contexto internacional do capitalismo, chamando atenção para o fiel enquadramento dos atores brasileiros às normas emanadas dos centros financeiros do sistema – os quais, segundo ele, eram "as matrizes dos velhos trustes conhecidos pela eufêmica denominação de "multinacionais" (Prado Jr., 1976, p. 371–372). → GLOBALIZAÇÃO → TRUSTE.

CAPOEIRA. Técnica corporal de ataque e defesa desenvolvida no Brasil com base em fundamentos introduzidos por escravizados bantos. Expressa-se por meio de uma simulação de dança, executada ao som de cânticos tradicionais conduzidos pelo berimbau de arco e outros instrumentos de percussão. Seus golpes e movimentos são executados com os pés, as pernas, as mãos e a cabeça. Antiga forma de lazer dos negros nos engenhos e nas praças públicas do Brasil colonial e imperial, era, também, já naquela época, empregada como arte marcial de defesa e ataque. Sua história, como a de outras expressões da cultura afro-brasileira, mostra períodos de repressão, cooptação e apropriação pela cultura dominante. Assim, já nos tempos imperiais, sobretudo no Rio de Janeiro, o poder político muitas vezes se utilizou da força e das habilidades físicas dos capoeiristas, empregando-os como capangas e guarda-costas. Entretanto, com o advento do Código Penal da República, a partir de 1890, todo aquele que fosse flagrado na prática da "capoeiragem" estava sujeito a prisão (Lopes, 2011). Já em 1937, com a ditadura do Estado Novo, instituída pelo presidente Getúlio Vargas, a capoeira passou a ser valorizada e oficializada como a "legítima modalidade esportiva nacional" (Schwartz; Starling, 2015, p. 379). A partir daí, e graças à atuação de mestres famosos, a capoeira foi rompendo barreiras e conquistando cada vez mais adeptos. Na atualidade, sua prática é regulamentada e protegida pelo Conselho Nacional de Desportos e pela Confederação Brasileira de Desportos Universitários, mas a grande maioria dos que a exploram economicamente não são negros nem egressos das camadas populares. Difundida internacionalmente, a prática do que antes era chamado de "capoeiragem" hoje é difundida em boa parte do mundo, com centenas de academias funcionando nos Estados Unidos, na Europa, no Japão, na Austrália, na África do Sul etc. Na Inglaterra é ensinada na Eton College, a mais tradicional das escolas britânicas.

CARIDADE. Ato de beneficência, de amor ao próximo. "Virtude cristã pela qual se ama a Deus como o supremo bem e ao próximo como a si mesmo" (Nascentes, 1988). Além de simplesmente divulgar os ensinamentos do evangelho, muitas denominações cristãs se dedicam ao trabalho de minorar o sofrimento de populações empobrecidas, não só por meio de reforço espiritual, mas também pela ajuda material. Entre elas se destacam instituições subordinadas à Igreja Católica, genericamente mencionadas como organizações de caridade católica.

CARTA CONSTITUCIONAL. O mesmo que Constituição. → CONSTITUIÇÃO BRASILEIRA.

CASEBRE. Casa pequena, velha e arruinada (Nascentes, 1988).

CASTAS, SISTEMA DE. Antiga forma de organização social que, de acordo com a tradição, separa os indivíduos por grupos (étnicos, religiosos, políticos e às vezes profissionais). Na Índia esse sistema, embora oficialmente abolido em 1947, permanece em alguns grupos, impondo aos integrantes lugares determinados na hierarquia social. Em um dos sistemas classificatórios, as pessoas despojadas de direitos são chamadas "párias", vocábulo que sobrevive na língua portuguesa com o mesmo significado negativo de indivíduo excluído da sociedade.

CATEQUESE. Explicação metódica da doutrina cristã; ensino, doutrinamento (Nascentes, 1988). No Brasil, foi o principal instrumento para a assimilação e a aculturação de populações originárias pelo supremacismo europeu, desde o século XVI. → SUPREMACISMO.

CATINGA. Odor desagradável ou nauseante (Houaiss, 2001); cheiro forte ou desagradável que exala do corpo humano suado ou pouco limpo (Ferreira, 1986). O *Novo dicionário da língua portuguesa,* (Figueiredo, 1925) estampa a seguinte definição: "Cheiro desagradável da pele dos negros." Observe-se que, à época da mencionada publicação, a atual República Portuguesa era senhora de diversas colônias na África, ou seja: Angola, Cabo Verde, Guiné-Bissau, São Tomé e Príncipe, além de Moçambique. → RACISMO.

CATOLICISMO. Religião dos cristãos que reconhecem o papa de Roma, dito "Sumo Pontífice", como sua autoridade máxima. A denominação tem origem no termo grego *katholikós*, que significa "universal", comum a todos os cristãos, o que aponta para um esforço de unificação diante dos movimentos separatistas ocorridos ao longo dos tempos.

CAUCASIANO. Segundo a antiga divisão étnica, que alicerçava o chamado "racismo científico", cada um dos indivíduos nativos de povos da Europa Oriental, sobretudo da região do Cáucaso, além do Sudeste Asiático e do norte da África, reconhecidos por sua pele clara e cabelos finos, que eram considerados, pelas teorias então aceitas, como os seres humanos mais bem-dotados, física e psiquicamente. → BRANQUITUDE.

CESTA BÁSICA. No Brasil, expressão que designa o conjunto de itens, sobretudo alimentícios, idealmente necessários ao consumo de uma família das classes populares durante um mês. Sua criação se deve ao Dieese, Departamento Intersindical de Estatística e Estudos Socioeconômicos, entidade do movimento social brasileiro fundada em 1955 com o objetivo de desenvolver pesquisas de apoio às demandas dos trabalhadores do país. → DIEESE.

CHACINAS. Assassinatos em massa, geralmente praticados com crueldade. O mesmo que matanças, mortandades, morticínios (Houaiss, 2001). Na atualidade brasileira, desde a década de 1990 a crônica policial registra diversos episódios do gênero, em grande parte protagonizados por grupos policiais. Na cidade de São Paulo, em 1992, ocorreu a matança do Carandiru, na qual, em meio a uma rebelião de presos no então maior presídio do país, uma ação de extermínio praticada por policiais militares resultou na morte de 111 pessoas, quase todas negras. No Rio de Janeiro, em 1993 ocorreu a chacina da Candelária – durante uma noite, oito meninos, todos negros e moradores de rua, foram mortos por um grupo paramilitar. No mesmo ano, a cena se repetiu na favela de Vigário Geral, com a morte de 21 moradores; em 2021, na favela do Jacarezinho, com a morte de 28 pessoas, num episódio da chamada "guerra antidrogas", promovida pela Polícia Militar fluminense. Em outras regiões do país, em especial na Amazônia, há as chacinas de indígenas, motivadas por invasões de terras patrocinadas por criminosos ambientais, garimpeiros delinquentes etc. → GENOCÍDIO.

CIDADANIA. Situação ou condição jurídica decorrente das relações existentes entre o indivíduo e o Estado de modo que, em uma relação baseada no nascimento ou na moradia, aquele deve a este obediência em troca de proteção, com base na lei e no princípio da igualdade. O princípio constitucional da cidadania engloba a ideia de cidadania racial, uma vez que o racismo impede que membros de minorias étnicas tenham o mesmo status cultural e material de que pessoas brancas usufruem; e reproduz a noção de que esses excluídos não são suficientemente competentes no espaço público, e por isso não devem ter acesso a direitos (Moreira *et al.* 2022, p. 149). No Brasil, o exercício da cidadania compreende, segundo Milton Santos (2021a), o acesso a educação, saúde, lazer e prática religiosa, além de informação geral e especializada. Entretanto, consoante o douto cientista, a globalização possibilitou a criação de um mercado avassalador (dominador, subjugador, escravizador), apresentando-o como capaz de homogeneizar o planeta, quando, na verdade, as diferenças locais são aprofundadas. Há uma busca de uniformidade a serviço de atores hegemônicos e o mundo se faz menos unido, tornando mais distante o sonho de uma cidadania verdadeiramente universal (Santos, 2021b, p. 290 e quarta capa). → GLOBALIZAÇÃO.

CIGANOS. Designação de um conjunto de povos de origem nômade (sem morada fixa) cujo número era estimado, à época de produção deste texto, em de 5 a 10 milhões de indivíduos em todo o mundo. Falantes de uma língua comum e de alguns dialetos, dividem-se em diversos grupos localizados na Europa, no norte da África e na América do Sul, por exemplo. Com suas origens remontando à Antiguidade e muito discutidas, os ciganos contemporâneos teriam sua ancestralidade localizada no Oriente Médio, entre o povo conhecido como hapiru ou abiru, termo que seria o étimo do nome étnico *hebreu* (Lopes, 2007, p. 56). Durante o regime nazista de Adolf Hitler os ciganos foram tão perseguidos quanto os judeus. → DIALETO → NAZISMO.

CISGENERIDADE. Nos recentes e inovadores estudos sobre sexualidade, condição de pessoa cuja identidade de gênero corresponde exatamente àquela que lhe foi atribuída ao nascer. O prefixo *cis*, usado na construção da palavra, vem do latim e significa "aquém", "dentro dos limites de", ao contrário de *trans*, "além de". Por isso, o ser humano cuja identidade de gênero não corresponde à de seu nascimento é classificado como "transgênero", termo oposto a "cisgênero".

CIVILIDADE. Observância dos princípios de boa educação e boas maneiras indispensáveis ao relacionamento em sociedade. → CIDADANIA.

CIVILIZAÇÃO. Conjunto de características próprias da vida intelectual, artística, moral e material de uma época, de uma região, de um país ou de uma sociedade (*Grande enciclopédia Larousse cultural*, 1998, verbete "Civilização"). Dentro desse entendimento, pode-se falar da existência de uma civilização brasileira anterior ao domínio colonial europeu, da mesma forma que o continente africano viu nascer em seu território importantes civilizações, como, por exemplo, a do Egito faraônico e a da Núbia. Entretanto, no século XVIII o conceito passou a definir, para os europeus, sua pretensa superioridade e seu dever moral de guiar povos tidos como "inferiores", superioridade essa reforçada pelo racismo científico no século seguinte (Souza, 2022, p. 19).

CLASSE MÉDIA AFRO-BRASILEIRA. No Brasil, passado quase um século e meio da abolição da escravatura, os afrodescendentes ainda permanecem em sua maioria na base da pirâmide das classes sociais. Entretanto, conforme observação em Cashmore, 2000, p. 104, eles já estão em número relevante na classe média do país. → CLASSES SOCIAIS.

CLASSES SOCIAIS. Expressão que designa, com diferenças de tempo e lugar, agrupamentos, em uma sociedade, de pessoas classificadas, sobretudo, segundo critérios econômicos. Entre esses critérios estão incluídos poder, prestígio, renda, riqueza ou a possível combinação desses elementos. Assim, tradicionalmente, os estudos econômicos reconheciam, em princípio, três classes: a *dirigente*, formada pelos detentores, institucional ou informalmente, do poder de decisão sobre o restante da sociedade; a *média*, correspondente aos quadros médios e superiores do comércio, da indústria e da administração pública, incluindo profissionais liberais etc.; e a *operária*, composta acima de tudo por trabalhadores manuais não proprietários das máquinas e instrumentos (meios de produção) indispensáveis ao seu trabalho (*Grande enciclopédia Larousse cultural*, 1998, verbete "Classes sociais"). No Brasil à época da criação deste *Dicionário*, o alinhamento das classes por letras do alfabeto resulta na seguinte classificação: Classe A (renda familiar superior a R$ 22 mil); B (entre R$ 7,1 mil e 22 mil); C (entre R$ 2,9 mil e 7,1 mil); D-E (até R$ 2,9 mil). Dessa forma, a classe A corresponderia a 2,8% da população; a B abrangeria 13,2%; a classe C incluiria 33,3%; e os situados nas classes D e E corresponderiam a 50,7%, ou seja, mais do que a metade da população (*InfoMoney*, 2023). → ABASTADO; REMEDIADO.

COLETIVIDADE. Grupo menos ou mais extenso de pessoas com interesses comuns; sociedade (Houaiss, 2001; Nascentes, 1988).

COLORISMO. → LINHA DE COR.

COMPROMISSO NACIONAL CRIANÇA ALFABETIZADA. Iniciativa do governo brasileiro, assumida em 2023, com o objetivo de que a totalidade das crianças matriculadas na rede pública de ensino do país estejam alfabetizadas ao fim do segundo ano do ensino fundamental. O projeto, executado em regime de colaboração entre União, estados, Distrito Federal e municípios, visa garantir o direito constitucional à educação. → ALFABETIZAÇÃO.

COMUNIDADE. Coletividade formada por pessoas que ocupam em conjunto uma área territorial limitada, como base para o desempenho de maior parte de suas atividades rotineiras (definição de Talcott Parsons, sociólogo estadunidense, citado em Silva, 1986). No Brasil atual, o uso generalizado do termo "comunidade" em vez de "favela" representaria, segundo a antropóloga Patrícia Birman, "um argumento a favor dos moradores de favelas, procurando ressaltar suas boas qualidades morais" (Gonçalves, 2013, p. 91). → FAVELA.

COMUNIDADES TRADICIONAIS. No Brasil, denominação do conjunto de povos e comunidades reconhecidas como "grupos culturalmente diferenciados e que se reconhecem como tais, por possuírem formas próprias de organização social; ocuparem e usarem territórios e recursos naturais como condição básica de sua reprodução cultural, social, religiosa, ancestral e econômica; utilizando, para tanto, conhecimentos, inovações e práticas gerados e transmitidos pela tradição" (Brasil, 2007). Entre esses grupos estão incluídos mormente indígenas, quilombolas, comunidades tradicionais de matriz africana ou de terreiro, alguns antigos grupos de imigrantes europeus etc.

COMUNISMO. Sistema social, político e econômico baseado na propriedade coletiva dos meios de produção e trocas, ou seja, na restrição absoluta ou relativa da propriedade privada. Sua adoção ocorreu em 1917, com a Revolução Russa, tendo como protagonista o Estado a partir daí denominado União das Repúblicas Socialistas Soviéticas (URSS). Entre 1989 e 1990 se encerrava essa etapa da política mundial, com a antiga URSS voltando a ser chamada Rússia, com o comunismo sobrevivendo, com diversas orientações, em países como República Popular da China, República Popular de Angola, República de Cuba, República Socialista do Vietnã, República Democrática Popular da Coreia etc.

No Brasil contemporâneo, em diversas campanhas eleitorais, políticos de direita – confundindo comunismo com repressão e confinamento, e liberalismo com liberdade – estimulam o medo à suposta "ameaça comunista" representada pelos políticos progressistas como estratégia para intimidar os eleitores mais ingênuos e menos esclarecidos.

CONGO BELGA. Antiga denominação da atual República Democrática do Congo, país da África Central, com capital na cidade de Kinshasa, outrora chamada Léopoldville. Na década de 1880, quando as potências europeias disputaram entre si o território africano, a Bélgica era uma pequena monarquia parlamentar. Mas seu rei, Leopoldo II, era ambicioso e conseguiu, em 1885, que o Congo fosse reconhecido pelas grandes potências como propriedade sua, com a denominação de Estado Livre (ou Independente) do Congo. Em duas décadas de uma pilhagem depois reconhecida como escravista e genocida, baseada na extração de látex, marfim e minérios preciosos, teriam sido dizimados cerca de 10 milhões de vidas. Essas mortes, ocorridas em massacres e também por fome, doenças transmitidas pelos colonizadores etc., são narradas no livro *O fantasma do rei Leopoldo*, de Adam Hochschild, publicado no Brasil em 1999. → CRIME CONTRA A HUMANIDADE.

CONGRESSO. No Brasil, abreviação de Congresso Nacional, que denomina o conjunto formado pelo Senado Federal e pela Câmara dos Deputados. → PARLAMENTO.

CONSCIÊNCIA. Essência da personalidade, base da noção do que é certo ou errado em todas as ações; "julgamento íntimo pelo qual a formação espiritual da pessoa aprova as boas ações e condena as más" (Nascentes, 1988). **Consciência negra**. Sentimento ou percepção do indivíduo negro sobre sua condição étnico-racial, bem como sobre os problemas dessa condição em um ambiente racista como o da sociedade brasileira e dos meios possíveis para se alcançar a igualdade estabelecida nos dispositivos constitucionais. → CONSCIENTIZAÇÃO.

CONSCIENTIZAÇÃO. Processo em que o indivíduo humano adquire ou reconquista consciência de ideias guardadas em sua mente. Também difusão de ideias sobre as relações humanas dentro da sociedade, sobretudo no campo da política.

CONSELHO NACIONAL DOS DIREITOS HUMANOS. No Brasil, órgão colegiado de promoção e defesa dos Direitos Humanos, por meio de ações de proteção e reparação. Tem também o poder de legitimar condutas e situações de reparação em casos de ameaça a esses direitos.

CONSELHO TUTELAR. No Brasil, órgão permanente e autônomo, criado pela Lei nº 8.069, de 13 de julho de 1990, com a missão de zelar pelo cumprimento dos direitos da criança e do adolescente. Sem caráter jurisdicional, as funções que exerce são de natureza executiva; assim, não julga conflitos de interesse nem pode estabelecer qualquer tipo de sanção para forçar o cumprimento de suas decisões. Órgão administrativo, vinculado ao Poder Executivo do município a que pertence, cada Conselho deverá ser composto de cinco membros escolhidos pela comunidade local, para mandato de quatro anos, sendo permitida uma recondução ao cargo. Em outubro de 2023, nas eleições nacionais para o Conselho, ficou evidente a polarização do eleitorado, dividido entre as ONGS defensoras dos Direitos Humanos e as posições político-partidárias de lideranças evangélicas (Ortellado, 2023).

CONSERVADORISMO. Sistema de crenças baseado no apego a usos e costumes do passado e na rejeição a reformas e inovações. Esse posicionamento foi aceito como doutrina intelectual em 1790, com a crítica do filósofo irlandês Edmund Burke à Revolução Francesa, cuja ideologia buscava uma ruptura radical com o passado. Para os conservadores, o papel do Estado é facilitar um meio que permita e até mesmo encoraje a liberdade de competição, ao mesmo tempo que proteja a escolha individual e a liberdade (Cashmore, 2000, p. 146).

CONSPIRAÇÃO DO SILÊNCIO. Expressão criada pelo antropólogo brasileiro Arthur Ramos, por volta de 1930, em referência ao vácuo observado na bibliografia dos estudos afro-brasileiros após os pioneiros trabalhos de Nina Rodrigues – falecido em 1906, e defensor do chamado racismo científico –, cuja obra referencial *Os africanos no Brasil* só foi publicada em 1932 (Pereira, 1967, p. 17).

CONSTITUIÇÃO BRASILEIRA. Documento especial em cujo texto se encontram reunidas as normas superiores que compõem a organização jurídica do Estado nacional brasileiro (Silva, 1986). Reúne o conjunto dos princípios gerais pelos quais são expressamente formulados os direitos dos indivíduos, assegurados mediante um sistema definidor da divisão e da harmonia entre os poderes do Estado (Lima, 1957, p. 259). → ESTADO; NAÇÃO.

CORREÇÃO. Ato de corrigir; castigo; punição; pena → REFORMATÓRIO.

CORRUPÇÃO. Ato, processo ou efeito de corromper, especialmente, conforme o recorte adotado neste *Dicionário*, por meio de práticas como suborno, receptação etc. No Brasil, a corrupção nos órgãos da administração pública vem dos tempos coloniais e se deve, na atualidade, a diversos elementos produtores de desigualdade. Essa é a "pequena corrupção", pois a mais lesiva é aquela representada pelo saque gigantesco "feito na riqueza social de todos em proveito de uma meia dúzia" (Souza, 2018, p. 13).

CORTIÇO. Habitação coletiva das classes pobres; casa de cômodos (Ferreira *et al.*, 1986). Também conjunto de pequenas casas destinadas à habitação coletiva, às vezes com precários serviços comuns de água e esgoto (Nascentes, 1988). No Rio de Janeiro da segunda metade do século XIX, apesar da expansão das redes de transportes, para as classes mais empobrecidas o deslocamento da moradia até o local de trabalho era, em geral, dispendioso; então, a solução era morar em cortiços. Localizados principalmente no grande quadrilátero formado entre as atuais praça Quinze e praça Onze e ruas do Riachuelo e do Livramento, entre 1888 e 1890 esses cortiços chegaram a abrigar 100 mil pessoas, o que correspondia a cerca de 20% da população da cidade. As casas de cômodos e estalagens, como também eram chamadas essas moradias, foram consideradas o principal foco das infecções sanitárias e "epidemias sociais" que grassavam na capital do país, tendo sido condenadas à demolição, num processo que se iniciou no Império e se intensificou após a proclamação da República, com base no velho discurso higienista que associava as camadas populares a grupos potencialmente perigosos. O epílogo foi a gigantesca obra de demolição de morros e a abertura de ruas, o que modificou radicalmente o centro da cidade carioca para as festas do centenário da Independência, na década de 1920 (Gonçalves, 2013, p. 38–39).

CONSUMO DE MASSA. Utilização em larga escala de produtos de grande aceitação e alta demanda, apreciados e exigidos por todas as camadas sociais, provocando competição acirrada entre fabricantes ou produtores. → SOCIEDADE DE CONSUMO.

COOPERATIVA. Espécie de sociedade de negócios criada com o objetivo principal de reduzir o preço de venda de seus produtos ou serviços em benefício de seus membros, com o esforço de todos e sem a participação de intermediários. Este tipo de associação costuma ser o preferido por negociantes com poder de investimento limitado.

CORTE INTERAMERICANA DE DIREITOS HUMANOS (CORTE IDH). Órgão judicial autônomo com sede em San José, Costa Rica. Integra o Sistema Interamericano de Proteção dos Direitos Humanos; representa todas as entidades integrantes da Organização dos Estados Americanos (OEA), sempre dentro do propósito de aplicar e interpretar a Convenção Americana sobre Direitos Humanos e outros tratados correlatos.

COTAS RACIAIS. O vocábulo "cota" (ou "quota") é sinônimo de parcela, parte, percentagem, percentual, porção. No Brasil, existe no campo das ações afirmativas um instrumento legal denominado política de cotas étnico-raciais (ou apenas "raciais"). Seu objetivo é pleitear a inclusão em um grupo no qual determinados indivíduos não seriam naturalmente admitidos, como é o caso dos estudantes negros que aspiram a ingressar em universidades. A adoção de políticas públicas em proveito do povo negro ganhou impulso no Brasil após 2001, motivada pela Conferência de Durban (abordada no verbete respectivo desta obra). A partir daí, pela ação do movimento negro e pela adesão de estudiosos, parlamentares etc., a ideia foi tomando corpo, especialmente na área da educação. Já em 2002 a Universidade do Estado do Rio de Janeiro (UERJ) se tornava a primeira entidade brasileira do gênero a instituir a prática segundo a qual, nos exames para ingresso de alunos, uma parcela do total de vagas existentes passou a ser reservada aos estudantes negros. À UERJ seguiram-se, entre outras, a Universidade Federal da Bahia (UFBA) e a Universidade de Brasília (UnB). Como era esperado, as cotas para negros provocaram grande turbulência, acima de tudo pela persistência, em grande parte das mentes brasileiras, do mito da democracia racial, e também pelo desconhecimento de que políticas de ação afirmativa não têm caráter permanente: surtido o efeito desejado, elas naturalmente perdem sua finalidade. Nesse caso específico, o objetivo é facilitar a entrada no ensino universitário, tido por uma parcela da população como algo reservado à elite. Em agosto de 2012 foi sancionada a Lei Federal nº 12.711, popularmente conhecida como Lei de Cotas, regulamentada pelo Decreto nº 7.824, do mesmo ano. Contendo minuciosos ordenamentos, essa lei estabelece a aplicação gradual e progressiva de seus ditames, ao longo de períodos de quatro anos, até chegar aos resultados desejados. Em agosto de 2023, ao analisar os resultados obtidos, o governo concluiu que a lei atingira os objetivos definidos em sua primeira década de vigência, possibilitando maior acesso de grupos antes sub-representados à educação superior de qualidade. O número de estudantes pretos, pardos e indígenas aumentou significativamente, por exemplo, no curso de Medicina da Universidade Estadual de Campinas (Unicamp) e no de Direito da UERJ, ambos conhecidos pela rarefação desses estudantes em suas salas de aula. Sendo assim, em dezembro de 2023 a prorrogação da Lei de Cotas entrou em vigor depois de ser sancionada pelo presidente Lula. Entretanto, a verdade é que, na atualidade, embora comprovado o sucesso dessa política, inclusive pelo ingresso, no cenário acadêmico brasileiro, de muitos brilhantes intelectuais por ela beneficiados, o fogo da polêmica permanece aceso. → AÇÃO AFIRMATIVA; DURBAN, CONFERÊNCIA DE; POLÍTICAS PÚBLICAS.

CRACOLÂNDIA. Denominação popular de locais onde grupamentos formados por dependentes químicos e narcotraficantes em algumas cidades brasileiras se reúnem para compra, venda e consumo da droga conhecida como crack – cocaína cristalizada, fumada em cachimbos e alardeada como produtora de efeitos tóxicos avassaladores. Seu contingente de usuários é basicamente composto de moradores de rua, entre os quais estão incluídas mulheres e crianças. A primeira

Cracolândia surgiu na cidade de São Paulo, na década de 1980. No momento de redação deste texto, a "terra do crack" da capital paulistana tinha o aspecto de uma grande feira livre no centro da cidade, e representava um grave problema social, sem nenhuma solução anunciada. → DEPENDÊNCIA QUÍMICA.

CRIANÇAS E ADOLESCENTES: LEGISLAÇÃO PROTETIVA. No Brasil os direitos assegurados a crianças e adolescentes são regulados, sobretudo, pela Lei Federal nº 8.069, de 13 de julho de 1990. Ela define como criança a pessoa com até 12 anos incompletos; e como adolescente aquela entre 12 e 18 anos de idade. A lei dispõe sobre a proteção integral que deve ser garantida tanto à criança quanto ao adolescente, independente do sexo.

CRIME CONTRA A HUMANIDADE. No Direito Internacional, expressão que designa o ato criminoso cometido deliberadamente, como parte de um ataque mais amplo, contínuo e organizado, contra toda uma população civil. Nos tempos modernos, o exemplo talvez mais conhecido dessa modalidade de crime foi o conjunto de atrocidades cometidas pelas tropas nazistas do alemão Adolf Hitler, durante a Segunda Guerra Mundial (1939–1945). No Julgamento de Nuremberg, cidade alemã onde os responsáveis foram sentenciados em uma série de tribunais militares, 19 líderes políticos, civis e militares foram condenados por uma variedade de delitos, como asfixia em câmaras de gás, de acordo com o site *Enciclopédia do Holocausto*. A sequência de crimes foi cometida, sem distinção, contra homens, mulheres, idosos e crianças, apenas pelo fato de as vítimas terem ancestralidade judaica, considerada impura pelos padrões nazistas.

CRIME ORGANIZADO. Expressão que designa um tipo de organização criminosa que pratica atos ilícitos de diversas naturezas, inclusive o narcotráfico, obedecendo a normas de atuação baseadas em esquemas táticos preestabelecidos e a uma hierarquia. Para atingir seus objetivos utiliza meios como extorsão, sequestro, corrupção ativa, violência armada etc. Estendendo seus tentáculos em várias direções, até mesmo aos órgãos dos poderes Executivo, Legislativo e Judiciário, essas organizações constituem, no momento de produção deste texto, motivo de grande preocupação na maior parte do território brasileiro. Em 2023, segundo a jornalista Miriam Leitão, as facções dessa modalidade criminosa já atuavam em âmbito nacional por meio de alianças interestaduais. Na Amazônia, o cenário do crime ambiental era "monetizado pelo narcotráfico"; e, em algumas cidades, unidos a gangues de outros países, os criminosos, operando finanças em escala global, atuavam como verdadeiras "multinacionais do crime"; ameaçando o próprio Estado brasileiro (Leitão, 2023, p. 16). → MILÍCIA; NARCOTRÁFICO.

CRIMINALIDADE. Fenômeno social por meio do qual se observa a incidência de eventos delituosos, no tempo e no espaço, em função de causas diversas. Os primeiros estudos sobre o negro no Brasil se concentraram, de modo geral, em aspectos criminológicos, partindo inclusive da maior frequência nas estatísticas de negros como autores de determinados delitos e sua predominância em certas camadas sociais. Esses dados induziam ao equívoco de se pensar que o indivíduo afro-brasileiro teria tendências naturais para o cometimento de delitos. Entretanto, ao longo dos anos, foi-se chegando à conclusão de que se nas favelas cariocas, por exemplo, os negros são maioria entre os envolvidos em delitos tais como o narcotráfico, isso não ocorre por uma predisposição biológica, mas por serem eles maioria entre as populações faveladas. → FAVELA; NARCOTRÁFICO.

CRIOULO. Termo polissêmico, usado no Brasil para qualificar ou designar, de modo pejorativo, os indivíduos negros. Na época escravista, designava os filhos de escravizados africanos nascidos no Brasil e falantes do português, em oposição ao "boçais": negros cativos recém-chegados da África e que ainda não falavam o idioma luso-brasileiro. → BOÇAL.

CRISE HUMANITÁRIA. Expressão usada para definir qualquer situação grave, de qualquer motivo ou natureza, que afeta um grupo de pessoas de uma comunidade ou lugar específico, tendo como consequência um alto índice de mortandade ou outros males – doenças, epidemias, subnutrição, desabastecimento etc. As guerras e os fenômenos da natureza são, em geral, grandes motivadores dessa espécie de crise. Em julho de 2023, no Brasil, o número de equipamentos para hemodiálise era insuficiente para o número de pessoas com doenças renais dependentes desse tipo de tratamento, e isso fazia as autoridades perceberem a aproximação de uma crise humanitária (*Folha de S.Paulo*, 2023). Em novembro de 2023, menos de um mês depois de iniciado o mais recente conflito entre Israel e Palestina, já havia se instalado uma crise humanitária, gerando a falta de itens básicos à sobrevivência nas duas regiões, como água potável, energia elétrica, alimentação e medicamentos.

CRISTIANISMO. Conjunto das religiões ditas cristãs e assim institucionalizadas, como é o caso do catolicismo, protestantismo histórico, pentecostalismo, neopentecostalismo e das igrejas ortodoxas. A presença do cristianismo no continente africano remonta ao primeiro século da Era Cristã. Isso é comprovado em diversos relatos bíblicos, haja vista, por exemplo, a presença de Egito e Etiópia em diversos relatos no Velho Testamento. Em um dos textos de apresentação do livro *Quão africano é o cristianismo*? (Oden, 2022, p. 13–15), o sociólogo afro-brasileiro Paulo Cruz demonstra que a europeização da religião cristã, mais que uma iniciativa missionária, foi um projeto ideológico. Por meio dele, após o declínio dos portentosos reinos africanos de Gana, Mali, Songai etc., a partir do século XVI, a imagem do "continente negro" foi sendo mostrada cada vez mais como a de um inferno terreno, de modo a justificar a expansão colonial europeia, o escravismo e o tráfico negreiro, nos moldes depois seguidos pelo racismo científico. Nesse contexto citado por Cruz, destaca-se o *Sermão XIV*, pregado pelo célebre Padre Antônio Vieira, em mensagem dirigida aos escravizados na Bahia, em 1633. Segundo Celso da Silva, nessa fala o jesuíta teria incentivado os negros a entenderem a escravidão não como um castigo, e sim como um prêmio para a remissão do "pecado original" que os fizera nascer pretos. → RACISMO CIENTÍFICO.

CRUZ VERMELHA INTERNACIONAL. Organização humanitária fundada em 1863 pelo filantropo suíço Jean-Henri Dunant, com a missão de prestar ajuda a vítimas de guerras e, em tempos de paz, cooperar com pessoas que precisam de auxílio em situações de emergência e outros tipos de necessidade. Com filiais em vários países, teve sua ramificação brasileira fundada em 1907, sob a presidência do célebre sanitarista Oswaldo Cruz. Na atualidade, a Cruz Vermelha atua em 21 estados e 100 municípios brasileiros, estendendo sua ação à área educacional, com uma rede de escolas de enfermagem, orfanatos e dispensários. → DISPENSÁRIO.

CUFA. Sigla da Central Única das Favelas, organização não governamental brasileira fundada em 1998 por jovens negros na Cidade de Deus, zona oeste da cidade do Rio de Janeiro. Promovendo atividades nas áreas da educação, lazer, esportes, cultura e cidadania, ganhou reconhecimento nacional e internacionalmente nos âmbitos político, social, esportivo e cultural. No momento de construção deste texto (primeiro semestre de 2025), fazia-se presente em todos os estados brasileiros e em países como Bolívia, Alemanha, Chile, Hungria, Itália e Estados Unidos, com seus bem-sucedidos projetos culturais, de inclusão, integração e assistência social.

CULTURA. Conjunto de padrões de comportamento, crenças, conhecimentos, costumes etc. que caracterizam um grupo social. No momento de produção deste texto, os padrões mencionados podem advir da tradição, sendo transmitidos oralmente e assimilados por olhos e ouvidos através de gerações, como é o caso de festejos, danças, rituais etc. Essas manifestações, em geral espontâneas, pertencem ao domínio da cultura popular. Entretanto, uma outra espécie também assim denominada, mas referida como *pop* – abreviação de *popular*, porém na língua inglesa –, vem, há algum tempo, confundindo corpos e mentes em diversas partes do mundo. Essa espécie de cultura é popular porque é voltada para as "massas populares", mas não é espontânea. As diversas manifestações que a caracterizam têm caráter midiático, ou seja, pertencem ao universo da comunicação de massa (Rabaça; Barbosa, 2001); atraem grandes públicos e despertam emoções intensas, mas a atração é conseguida muito mais pela ação das tecnologias e raramente de pessoa para pessoa, como ocorre na transmissão da cultura tradicional. Observemos que o conceito de cultura de massa se relaciona estreitamente com os de GLOBALIZAÇÃO e MERCADO, abordados na presente obra. **Cultura negra**. Dentro dos objetivos deste *Dicionário*, o conjunto de expressões culturais trazidas para o Brasil à época do tráfico negreiro tem grande importância. Assim, adotamos a denominação genérica "cultura negra" para designar os componentes culturais trazidos ao país durante o período escravista – em geral por trabalhadores escravizados –, que permanecem expressos em diversos campos como o das artes, das técnicas de trabalho, da produção de alimentos, da religiosidade, do pensamento etc. A Constituição brasileira de 1988 considera como patrimônio cultural brasileiro os bens portadores de referência à identidade, à ação e à memória dos diferentes grupos formadores da sociedade nacional. Desse modo, a cultura negra integra esse patrimônio. → GLOBALIZAÇÃO; MERCADO.

CULTURALISMO. Escola de pensamento baseada na ideia de que cada cultura modela uma personalidade individual típica, com uma estrutura psicológica, um comportamento, além de ideias e mentalidades particulares (*Grande enciclopédia Larousse cultural*, 1998, verbete "Culturalismo").

D

DECLARAÇÃO DOS DIREITOS DO HOMEM E DO CIDADÃO → DIREITOS HUMANOS.

DECOLONIALIDADE. Linha de pensamento científico caracterizada pela independência em relação aos padrões eurocêntricos, os quais, a partir do colonialismo europeu na África, Ásia e nas Américas entre os séculos XV e XX, estabeleceram a primazia das matrizes europeias de saber sobre todo o chamado "mundo ocidental". → OCIDENTE.

DEFEITO DE COR. Expressão que no Brasil escravista e no período pós-abolição indicava a presença, na constituição biológica de um indivíduo, de qualquer traço que denunciasse origem africana ou indígena, o que desabilitava essa pessoa a pleitear na sociedade da época posições reservadas aos autodeclarados "senhores" e seus relacionados.

DEFENSORIA PÚBLICA. No Brasil, instituição jurisdicional, atuante em nível estadual e federal, encarregada, nos termos dos artigos 133 e 134 da Constituição, de propiciar orientação jurídica e defesa gratuita, em todos os graus, às pessoas necessitadas – assim consideradas aquelas que formalmente se declararem incapazes de custear serviços de advocacia particulares.

DEGENERESCÊNCIA. Característica de um ser que perde ou perdeu as características originais de seu grupo; que se modifica ou se modificou para o mal ou para pior. Em relação ao ser humano, o degenerado é o que nasceu ou se tornou carente de humanidade. No século XVIII, o naturalista Georges-Louis Leclerc, um dos cientistas do iluminismo na França, desenvolveu teoria segundo a qual a humanidade teria uma origem comum, nascida de um par branco, e que em razão de fatores como clima, carências e doenças teria passado por um gradativo processo de degradação ou degenerescência (Santos, 2022, p. 94), com a pele sendo escurecida e os cabelos se tornando encrespados. A tese do iluminista caiu por terra quando a ciência demonstrou que o ser humano atual e as espécies consideradas como ancestrais são frutos de longa evolução, na qual os traços distintivos mais importantes foram a diminuição do tamanho dos dentes e dos maxilares, o aumento do cérebro e a ampliação do ângulo formado entre a testa e o queixo (indicando uma fisionomia mais vertical e menos projetada) (*Grande enciclopédia Larousse cultural*, 1998, verbete "Hominídeos"). → ILUMINISMO.

DELINQUÊNCIA. Situação de quem comete delito; ação criminosa. → CRIMINALIDADE.

DEMAGOGIA. Excitação das paixões populares em busca de proveito político (Nascentes, 1988). Também pode ser descrita como ação que se utiliza do poder popular para conquista ambiciosa ou corrupta do poder (Houaiss, 2001).

DEMOCRACIA. Forma de governo em que o povo exerce a soberania, ou seja, a autoridade moral suprema, através de representantes eleitos pelo voto popular. O papel desses representantes é, em nome do povo, limitar a autoridade do governo, o Poder Executivo, ao terreno das funções que lhe são próprias (Lima, 1957, p. 310). **Democracia racial.** No Brasil após a abolição do escravismo, as elites governantes desenvolveram e concretizaram, ao longo dos anos, a falsa ideia da inexistência de racismo na sociedade brasileira. Segundo essa idealização, graças a um escravismo brando – que teria sido o praticado pelos colonizadores portugueses e seus sucessores –, as relações entre brancos e negros no Brasil seriam, em regra, cordiais. Isso fez nascer o mito da democracia racial, construção que se revelou como um dos principais obstáculos à conscientização do povo negro e ao enfrentamento do racismo no país. Entretanto, em 2002, ao fim de seu segundo mandato como presidente da República, o sociólogo Fernando Henrique Cardoso reconhecia publicamente que, apesar de alguns avanços na diminuição do "preconceito racial", ainda havia racismo no Brasil.

DEPENDÊNCIA QUÍMICA. Estado mórbido, físico e psíquico do indivíduo viciado no consumo de drogas. → DROGAS ILÍCITAS.

DESIGUALDADE DAS RAÇAS. Dogma a partir do qual se produziram, no século XIX, as hierarquias raciais, que localizavam, numa escala de valores, os europeus "civilizados" no topo, os grupos racializados revezando-se na base e todos os demais ocupando as posições intermediárias (Seyferth citado em Pereira, 2013, p. 63).

DESENROLA BRASIL → DÍVIDAS.

DESIGUALDADE DE GÊNERO. Condição estrutural de desequilíbrio entre diferentes gêneros, sustentada por discursos e práticas que recorrem a supostas diferenças biológicas para justificar manifestações e ações machistas, misóginas e sexistas. → MACHISMO; MISOGINIA; SEXISMO.

DESPERDÍCIO. Ato ou efeito de fazer gasto ou despesa inútil; esbanjamento. Na sociedade de consumo, o desperdício de uns quase sempre está relacionado à carência ou escassez de outros, da qual muitas vezes é causador. Entre os anos de 1980 e 2000, o Brasil vivenciou uma extraordinária expansão do consumo de bens materiais. Itens hoje de uso comum nos lares, como fogão, geladeira, tevê e rádio, se tornaram mais anunciados e conhecidos a partir daquele período. As sensações de prosperidade e poder provocadas pelo consumo de itens como alimentos, vestuário, energia elétrica, água levam ao desperdício em diversos níveis e situações. Assim, noções como as de "reciclagem", "compostagem de resíduos" etc. são transmitidas e recomendadas por especialistas, sobretudo porque o desperdício de alimentos de origem animal causa prejuízos. Na avaliação do saudoso mestre Milton Santos, a causa da fome não está na produção, mas na distribuição dos alimentos produzidos. A sociedade de consumo produz comida em quantidade maior do que aquela que é necessária para alimentar os habitantes do planeta, mas os poderosos decidem que alguns podem comer e outros, não (Santos, 2000).

DIALETO. Variante de uma língua falada em região que não é a de sua origem e que por isso adquiriu peculiaridades da língua ou das línguas locais. A inumerável quantidade de línguas faladas na África é, na atualidade, objeto de altos estudos, pela diversidade e riqueza de suas interessantes características. Mas essas línguas continuam a ser vistas, pelo senso comum, como "dialetos", em vez de idiomas, por razões evidentemente racistas. → RACISMO.

DIÁSPORA. Vocábulo de origem grega que significa "dispersão", usada desde então para se referir à migração por motivos políticos ou religiosos. De início, designou principalmente a dispersão forçada dos judeus pelo mundo; hoje, aplica-se também à desagregação que compulsoriamente e por força do tráfico negreiro, sobretudo, espalhou africanos escravizados por todos os continentes. A diáspora africana compreende dois momentos principais. O primeiro, gerado pelo tráfico negreiro, ocasionou a dispersão de povos africanos, de início através das rotas de comércio que ligavam o continente nativo ao Mediterrâneo e ao mar Vermelho, inclusive através do oceano Índico; depois, a partir do século XV, quando talvez mais de 10 milhões de indivíduos tenham sido levados por traficantes europeus, principalmente para as Américas. O segundo momento ocorreu a partir do século XX, com a imigração, sobretudo para a Europa, em direção às antigas metrópoles coloniais (Lopes, 2011). O termo DIÁSPORA (e sua variante "diaspórico") serve também para designar, por extensão de sentido, os descendentes de africanos nas Américas e na Europa e o rico patrimônio cultural que construíram. **Reinterpretação.** Em todos os sentidos, o termo DIÁSPORA se relaciona à consciência da perda de um lugar de origem, associada à necessária reestruturação do sentido da existência social nas condições precárias decorrentes da mudança de território, da privação da liberdade e do ambiente social e cultural distante e adverso. Desse modo, o conceito se liga primeiramente à ideia de deslocamento, de relações transnacionais, transculturais, e ao sentimento de afinidades extranacionais e de solidariedade entre os membros da imensa comunidade negro-africana (Lopes; Macedo, 2002, v. 2, p. 170). **Reconceituações.** Na atualidade, diáspora se refere não apenas ao fenômeno da dispersão, mas a algumas de suas consequências. Por exemplo, como categoria social, diáspora é a comunidade transnacional cujas redes socioeconômicas e políticas se estendem das fronteiras dos territórios e nações de origem dos emigrados até as de seus destinos. Assim, dizemos: "a diáspora africana na Inglaterra, a diáspora senegalesa em Paris etc.". Como forma de conscientização, o termo se refere tanto à consciência individual quanto à existência de uma extensão de conexões, descentralizadas e multilocalizadas, ou seja, de estar simultaneamente "em casa e fora de casa". Assim, a produção cultural das diásporas se evidencia por criar e recriar formas híbridas (Cashmore, 2000, p. 170), de modo definitivo ou temporário.

DIGNIDADE. Qualidade moral que infunde respeito; consciência do próprio valor; honra (Houaiss, 2001). Um dos principais malefícios causados aos indivíduos submetidos à escravidão em todos os tempos foi a perda da dignidade pela submissão e pelo tratamento desumano, o que produziu consequências danosas, perceptíveis até os tempos atuais, em todos os indivíduos real ou supostamente descendentes de escravizados. → HONRA.

DIREITA E ESQUERDA. Termos de significados opostos, usados para caracterizar as tendências principais do pensamento e da ação política em âmbito universal. Essa nomenclatura passou a ser usada durante a Revolução Francesa (1789–1799) quando, na primeira reunião dos três Estados Gerais (clero, nobreza e povo), os representantes dos dois primeiros teriam tomado lugar à direita do rei Luís XVI, deixando o lado esquerdo para o Terceiro Estado, ou seja, a plebe. Segundo as evidências históricas, o pensamento de esquerda tem como características: "a crença em uma maior educabilidade da raça humana; grande fé no poder das instituições para influenciar ou determinar a conduta humana; o reconhecimento de muitos direitos e necessidades sociais que devem ser preservados e prevalecer em caso de conflitarem com os direitos individuais". Por seu lado, a direita se caracteriza por "reconhecer a capacidade das autoridades estabelecidas para controlar seres humanos limitadamente educáveis; aceitar somente as instituições evoluídas; preferir o individual ao social, exceto quando a necessidade individual pareça ser atendida de modo mais satisfatório por autoridades tradicionalmente autorizadas como a Igreja e o Estado" (Silva, 1986, p. 413). → LIBERALISMO; SOCIALISMO.

DIREITO ANTIDISCRIMINATÓRIO. Moderna formulação jurídica composta por um conjunto de normas que têm como objetivo reduzir ou eliminar disparidades significativas entre grupos e indivíduos (sujeitos de direito). Opera por meio de um sistema de proteção composto por normas legais e iniciativas governamentais destinadas a impedir a discriminação negativa e integrado também por iniciativas públicas ou privadas destinadas à promoção da discriminação positiva, com ações voltadas para a integração de minorias (Moreira, 2020, p. 50). → TEORIA CRÍTICA RACIAL.

DIREITO NATURAL. Espécie de liberdade ou imunidade que, segundo algumas teorias, deve ser assegurada ou garantida a todos os seres humanos, em todos os tempos e em quaisquer condições. Entre os direitos os mais claramente reconhecidos como naturais foram, através dos séculos, aqueles referentes à vida, à liberdade e à igualdade. Boa parte das ações de criminalização do aborto têm o direito à vida como fundamento. → ABORTO.

DIREITOS HUMANOS. Prerrogativas básicas de que gozam todos os seres humanos, a começar pelo direito à própria vida e, continuando, por suas garantias como cidadãos. A história do reconhecimento dessas prerrogativas tem início com a Declaração dos Direitos do Homem e do Cidadão, texto aprovado em 26 de agosto de 1789 pela Assembleia Nacional Constituinte francesa, que serviu de base para declarações com o mesmo objetivo publicadas na França em 1793 e 1795. Outro documento importante do século XVIII foi a Declaração de Independência dos Estados Unidos da América, em 1776, e ainda em vigor no momento de criação desta obra. Essa declaração, embora tenha garantido a seu povo o "direito à vida, à liberdade, e à busca da felicidade", não incluía entre seus beneficiários os negros escravizados. O fim da escravidão só veio em 1865, com a aprovação da Décima Terceira Emenda à

Constituição; mas as Leis Jim Crow, que mantinham a segregação racial e a exclusão do povo negro, garantiram a legalidade do racismo até a década de 1960. Em 1965, o Congresso norte-americano sancionou a Lei de Direito ao Voto, em 1966 foi a vez da Lei dos Direitos Civis. Mas o racismo persiste. Observe-se que a Declaração Universal dos Direitos Humanos, promulgada pela Organização das Nações Unidas (ONU) em 1948, estabelece: "Todos os seres humanos nascem livres e iguais em dignidade e em direitos. São dotados de razão e consciência e devem agir uns para com os outros em espírito de fraternidade." Na mesma direção, a Constituição brasileira, de 1988, em seu primeiro capítulo, enumera os direitos e deveres individuais e coletivos, que devem ser respeitados no território nacional. Mas aqui também e agora, na década de 2020, a força maléfica do racismo volta e meia recrudesce. **Outras declarações**. Observe-se que em 1948, quando da Declaração da ONU, apenas quatro estados africanos eram independentes: África do Sul, Egito, Etiópia e Libéria. Assim, nos anos seguintes foram publicados outros documentos similares, entre os quais a Carta da Organização da Unidade Africana, no ato de criação da entidade, em 1963; e a Carta Africana dos Direitos Humanos e dos Povos (Carta de Banjul), em 1981. No Brasil, a Constituição de 1988, em seu capítulo I, enumera, entre outros, direitos referentes aos temas seguintes: igualdade; liberdade de expressão, de crença, de locomoção, de reunião, de associação, de autoria. No capítulo II, entre os direitos sociais a Constituição Brasileira inclui: educação, saúde, trabalho, lazer, segurança, previdência social, proteção à maternidade e à infância, assistência aos desamparados etc. → COLONIALISMO; RACISMO.

DIREITOS TRABALHISTAS. Parte dos direitos sociais contemplados pela Constituição brasileira de 1988. Referem-se ao trabalho formal, com vínculo de emprego, executado nos ambientes urbano e rural, além de outros eventualmente necessários. Propiciam diversas garantias enumeradas no artigo 7º da Carta constitucional.

DISCRIMINAÇÃO. Para os fins desta obra, ato ou efeito de tratar uma pessoa ou uma coletividade com desprezo ou falta de respeito, por motivo étnico-racial, de gênero, orientação sexual ou religiosa, ou ainda pela aparência ou origem. → APOROFOBIA; GORDOFOBIA; TRANSFOBIA; XENOFOBIA; MACHISMO; MISOGINIA; RACISMO.

DISCURSO DE ÓDIO. Designação de toda e qualquer forma de expressão cuja finalidade seja propagar, incitar, promover ou justificar o ódio a determinados grupos sociais ou personalidades, a partir de uma posição de intolerância. Esse tipo de discurso é usado para estigmatizar e abrir portas para que os vitimados sejam tratados com hostilidade. O Comitê dos Ministros do Conselho da Europa inclui na definição mais diretamente o ódio racial, a xenofobia e o antissemitismo (Cortina Orts, 2020). → LIBERDADE.

DISPENSÁRIO. Estabelecimento beneficente, público ou privado, que presta serviços médicos gratuitos, estendendo essa gratuidade aos medicamentos necessários ao tratamento.

DITADURA. Forma de governo no qual o Poder Executivo arbitrariamente toma para si as atribuições dos poderes Legislativo e Judiciário. No Brasil, a ditadura do Estado Novo (1937–1945) disseminou o mito da democracia racial. Contraditoriamente, alguns de seus mandatários a justificavam como uma forma de "expurgar o sangue negro" e "limpar a raça brasileira". Assim teria dito o diplomata Oswaldo Aranha, ministro do governo Vargas, à antropóloga estadunidense Ruth Landes, chegada ao Brasil para uma pesquisa sobre os negros, realizada entre 1938 e 1939, conforme consignado na página 9 da 1ª edição brasileira do livro

A cidade das mulheres (Landes, 1967). Outra ditadura, a instalada no Brasil em 1º de abril de 1964, intensificada em 1968 e interrompida em 1985, reforçou essa falsa narrativa usando-a para demonstrar a inexistência de racismo no Brasil e, assim, justificar a repressão ao movimento negro. → CONSTITUIÇÃO; DEMOCRACIA RACIAL; HISTORIOGRAFIA.

DIVERSIDADE. Qualidade daquilo que é diverso, variado; variedade, multiplicidade. **Diversidade cultural.** Em Sociologia, tratando-se de usos e costumes, a diversidade cultural nem sempre é avaliada como positiva; isso porque a variedade nem sempre traduz a participação igualitária de todos os criadores nos resultados concretos que levam à positividade. Isso ocorre principalmente quando a diversidade não expressa representatividade de alguns grupos no seio da sociedade, ou seja, quando alguns grupos que contribuem para a diversidade não são democraticamente incluídos no conjunto social de que fazem parte. Em 2006, o Brasil assinou a Convenção sobre a Proteção e Promoção da Diversidade das Expressões Culturais, realizada em Paris. O texto oficial foi ratificado por meio do Decreto Legislativo nº 485/2006 e promulgada pelo Decreto nº 6.177/2007, o qual estabelece: "A diversidade cultural implica o compromisso de respeitar os Direitos Humanos e as liberdades fundamentais, em particular o direito das pessoas que pertencem a minorias e os povos autóctones." → AUTÓCTONES; INCLUSÃO; REPRESENTATIVIDADE.

DÍVIDAS. Pagamentos em dinheiro ou prestações de favor a que uma pessoa está obrigada; aquilo que se deve (Nascentes, 1988). Uma dívida pode ser contraída por diversas razões. Por exemplo, a aquisição de um bem para acréscimo de patrimônio é uma razão positiva. Entretanto, as dívidas que ocorrem com maior frequência em nosso país são aquelas resultantes de perda de renda, muitas vezes por desconhecimento sobre a administração do dinheiro. Nos tempos atuais, a oferta de crédito por instituições financeiras em busca de lucro é uma das piores situações em que as pessoas empobrecidas podem se envolver. Uma das perspectivas de solução, no caso brasileiro, é o Programa Emergencial de Renegociação de Dívidas de Pessoas Físicas, implementado pelo Ministério da Fazenda do governo empossado em janeiro de 2022, com a denominação Desenrola Brasil.

DNA MITOCONDRIAL. Denominação leiga de um método científico de investigação utilizado para rastrear a ancestralidade remota de pessoas que desconhecem suas raízes biológicas. Na atualidade desta obra, tem despertado a atenção de pessoas e famílias da diáspora africana, em busca de informações sobre seus ancestrais. No livro *Perder a mãe: uma jornada pela rota atlântica da escravidão*, a escritora e professora afro-estadunidense Saidiya Hartman faz referência ao desapontamento de pessoas afro-americanas que viajam à África em busca de suas raízes e se decepcionam: "Tentando preencher os espaços em branco de sua história", "combinando cromossomos Y e o DNA mitocondrial com os de africanos contemporâneos" esperam chegar mais perto de um "lar africano do que de uma masmorra de escravos". Em determinado capítulo do livro a autora aborda a região de Gonja, antigo reino localizado na atual República de Gana, citado como um dos principais "estados negreiros" da África entre os séculos XVII e XVIII, cuja economia dependia essencialmente do tráfico escravista (Lopes; Macedo, 2022, p. 227). Mas segundo Hartman, os visitantes, estudiosos ou turistas continuavam depositando sua fé na ciência, "apesar dos resultados ambíguos e inconclusivos dos testes" (Hartman, 2021, p. 114).

DROGAS ILÍCITAS. Drogas são, em princípio, quaisquer substâncias empregadas como ingredientes químicos, sobretudo na produção farmacêutica. Nessa acepção, o que se designa como "drogas ilícitas" são aquelas cujo uso, mesmo que recreativo, é legalmente proibido, mormente por levar o usuário a uma alteração do estado mental cujo abuso pode colocá-lo fora do alcance protetivo dos direitos de cidadania.

DURBAN, CONFERÊNCIA DE. Título pelo qual é referida no Brasil a IIIª Conferência Mundial contra Racismo, Discriminação Racial, Xenofobia e Intolerâncias Correlatas, realizada pela Organização das Nações Unidas (ONU), em setembro de 2001 em Durban, cidade da África do Sul na província de KwaZulu-Natal. Nesse importante evento, a delegação brasileira, com quatrocentas pessoas, foi a maior de todas entre as 173 nações participantes. Segundo a historiadora e militante do afrofeminismo Wânia Sant'Anna (no boletim do Conselho Nacional dos Direitos da Mulher, citado em notícia no portal *Conectas*), no encontro os presentes tiveram a grande oportunidade de compreender que o combate ao racismo se insere na pauta dos Direitos Humanos, e que os órgãos de Estado têm papel fundamental nesse enfrentamento. O documento final do encontro – ainda segundo Sant'Anna – tornou-se uma espécie de bússola para as políticas públicas antirracistas, e obriga os países a adotarem ferramentas concretas contra a desigualdade de base étnico-racial. Em 2021, Sueli Carneiro, filósofa, escritora e ativista, lançava pelo Geledés – Instituto da Mulher Negra o livro *Brasil e Durban, 20 anos depois*, fundamental para a compreensão do significado desse grande evento.

E

ECOLOGIA E CIDADANIA. Ecologia é o ramo da Biologia que estuda, entre outros temas, a relação dos seres vivos com seu ambiente natural (*Dicionário Barsa*, 2009, verbete "Ecologia"). Partindo da definição de CIDADANIA (que consta no verbete respectivo), verifica-se que o conceito implica uma relação na qual o cidadão deve obediência ao Estado e recebe, em contrapartida, a garantia do exercício de sua condição. Dentro dessa mesma ideia, o artigo 225 da Constituição Federal consagra o direito de todos a um meio ambiente ecologicamente equilibrado, como bem de uso comum e essencial à sadia qualidade de vida, impondo a ambos, poder público e coletividade, o dever de defender e preservar esse patrimônio, e especificando as normas do exercício desses direitos e obrigações. Assim, em termos ecológicos (ambientais), o exercício da cidadania se traduz na tomada de algumas atitudes individuais simples que resultem em benefício para a coletividade, tais como economizar água e energia, reciclar e reutilizar sempre que possível, evitar desmatamentos, despejos incorretos de resíduos etc.

ECONOMIA DE MERCADO. Na teoria econômica, mercado é a instituição abstrata que teoricamente propicia o encontro de vendedores e compradores para a realização de seus negócios. A economia de mercado, por sua vez, é o sistema econômico fundamentado na propriedade privada, ou seja, na realização de negócios priorizando os interesses dos envolvidos, com a mínima interferência do Estado. Em resumo: na economia de mercado, o lucro do vendedor é, de modo geral, mais importante do que a satisfação da necessidade do comprador. Nos estudos sobre produção, distribuição, troca e consumo de bens, e investimentos – ou seja, em Economia –, sistema em que as decisões obedecem às oscilações de preços criadas pela lei de oferta e procura. → MERCADO.

ECONOMIA SOLIDÁRIA. Projeto socioeconômico que busca unir os interesses de empresas aos do público consumidor, de modo a tornar a sociedade menos desigual e com mais oportunidades para todos. A ideia central é a criação de empresas administradas por grupos de trabalhadores de modo a que todas as pessoas envolvidas sejam ao mesmo tempo funcionários e proprietários do negócio. A experiência já tem mais de 20 mil empreendimentos cadastrados no Brasil, e vem sendo vivenciada, por exemplo, em Pernambuco, nos municípios de Triunfo e Serra Talhada, conforme detalha Dallyne Emanuelly Araújo Varêda, em monografia defendida em 2019.

EDUCAÇÃO. Processo pelo qual se possibilita ao indivíduo o desenvolvimento integrado de sua capacidade intelectual. Conjunto de procedimentos pelos quais se transmite, a um indivíduo ou grupo, informações com a finalidade de obter, como resultado, um comportamento adequado num dado setor da prática social (Nascentes, 1988). Aplicação dos métodos próprios para assegurar a formação e o desenvolvimento físico, intelectual e moral de um ser humano (Ferreira, 2004). Essas são algumas das muitas definições para a palavra "educação". Entretanto, de acordo com a *Enciclopédia do mundo contemporâneo* (2000, p. 38), as inovações científicas e tecnológicas dos tempos atuais fizeram com que a educação deixasse de ser formadora de cidadãos a serviço dos interesses de suas comunidades para ser apenas uma grande fábrica, globalizada e homogênea, na qual, sob a bandeira da sociedade de consumo, são fabricados, em série, indivíduos adaptados às necessidades do mercado. → MERCADO.

EITO. Palavra originária do português falado na província do Minho, usada com o sentido de "porção de trabalho realizado por um indivíduo ou um grupo de pessoas" (Figueiredo, v. 1, 1925). No Brasil escravista, ganhou o significado de "roça", "roçado", ambiente de trabalho dos escravizados rurais, do campo. **Trabalho escravo**. Segundo diversos relatos, era no eito que ocorriam as maiores tragédias do escravismo, no Brasil e nas Américas, decorrentes, sobretudo, de maus-tratos infligidos pelos proprietários aos serviçais – incluindo tortura, praticada mediante o uso de diversos instrumentos e aparelhos, para intimidar e dominar os cativos. **Alimentação**. Tomando por base descrição em Frieiro (1982, p. 121) sobre a alimentação de escravizados numa fazenda típica do centro de Minas Gerais em meados do século XIX, podemos estabelecer a seguinte rotina alimentar diária para a média dos escravizados de eito no Brasil: despertos antes do sol, recebiam a primeira ração do dia e partiam para a roça; às oito horas almoçavam, invariavelmente, feijão cozido com gordura, misturado com farinha, descansando meia hora em seguida; às catorze horas jantavam feijão, angu e couve, ração à qual, duas vezes por semana, era adicionado um pedaço de carne; ao anoitecer, de volta à sede da fazenda, tomavam canjica adoçada com rapadura. Em outro momento de seu relato, o mesmo autor menciona "refeições" com "feijão bichado e arroz malcozido"; e outras constantes apenas de "laranja, banana e farinha de mandioca" (Frieiro, 1982, p. 119) ou "feijão cozido com gordura" e misturado com a invariável farinha (Frieiro, 1982, p. 121). Professor de filologia e também dono de acurada percepção sociológica, Eduardo Frieiro (1889–1982) consignou na página 123 do seu livro o seguinte: "Com o fim da escravidão, não melhoraram as condições alimentares da população negra. Em muitos casos pioraram" (Frieiro, 1982).

ELEVADOR SOCIAL. Em boa parte das cidades brasileiras, denominação aplicada, nos edifícios, ao equipamento ascensor usado para transporte de pessoas, diverso do transportador de cargas e pessoas em serviço. Segundo opiniões abalizadas, inclusive a do célebre geógrafo Milton Santos, a denominação configura uma flagrante discriminação social, praticada desde o final da década de 1920, época do surgimento dos arranha-céus nas grandes cidades. Com o objetivo de acabar com essa forma de segregação, em julho de 2023, na cidade do Rio de Janeiro, foi sancionada a Lei Municipal nº 7.597, proibindo a denominação nos prédios particulares da cidade.

ELITES NEGRAS. Expressão usada, entre as décadas de 1930 e 1980, aproximadamente, para designar grupos de pessoas da baixa classe média que, utilizando-se de influências pessoais e políticas, conquistavam condições que lhes permitiam frequentar lugares e ocupar posições com acesso dificultado à maioria do povo negro.

EMPATIA. Capacidade demonstrada por um ser humano de se identificar com outra pessoa, a ponto de sentir o que ela sente e de querer o que ela quer (Houaiss, 2001). A nosso ver, trata-se do principal impulso que move uma ação humanitária. → HUMANITARISMO.

EMPODERAMENTO. Ato ou efeito de tornar algo ou alguém mais poderoso, do ponto de vista político ou econômico; potencialização. No âmbito do ativismo negro, pode ser definido como a capacidade demonstrada por uma pessoa ou grupo de obter conhecimentos e controle de suas próprias forças, utilizando-os na concretização de uma vida melhor, com autonomia e protagonismo.

EMPREGADOS DOMÉSTICOS. No Brasil, segundo a Consolidação das Lei do Trabalho (CLT), empregado doméstico é o trabalhador ou trabalhadora que presta "serviços de forma contínua, subordinada, onerosa e pessoal e de finalidade não lucrativa, à pessoa ou à família, no âmbito residencial destas, por mais de 2 dias por semana". A categoria – na qual a presença feminina e negra é indiscutivelmente majoritária – inclui, além do emprego formal, o trabalho eventual dos chamados "diaristas". Em 2013, foi aprovada a lei conhecida como "PEC das Domésticas", com o intuito de incentivar o trabalho formal desses profissionais. Mas com os problemas enfrentados pelo país nos primeiros anos da década de 2020, em especial a pandemia de covid-19, a informalidade nessa espécie de trabalho, altamente importante para a sociedade, novamente aumentou. De acordo com reportagem da Agência Brasil, até 2019 a formalidade do emprego doméstico estava em 27,5%. Em 2024, tinha caído para 23,5%. Em 2023, um texto da jornalista Luana Génot denunciava que, nos centros urbanos, muitas empregadas domésticas ainda eram submetidas a condições de trabalho precárias, alimentadas com restos de comida e dormiam em quartos sem ventilação (Génot, 2023, p. 37).

EMPRESARIADO. A classe dos empresários e empresárias, dirigentes de empresas. Um dos aspectos mais gritantes do racismo brasileiro é a falta de representatividade de dirigentes negros no mundo dos negócios. Essa ausência, que vem desde o escravismo, não sofreu alteração significativa mesmo após a abolição, com a política imigracionista então em voga e o racismo estrutural. Mais de 130 anos depois, na década de 2020, finalmente se notava algum esforço no sentido de se preencher essa lacuna, discutindo-se a urgência da promoção da inclusão e da diversidade no mundo corporativo brasileiro. No livro *A empresa antirracista* (Pestana, 2021), são enumeradas cerca de 60 empresas identificadas com essa proposta; entre elas algumas transnacionais. → IMIGRAÇÃO; REPRESENTATIVIDADE.

ENJEITADOS. Antiga denominação usada para designar as crianças de rua, abandonadas por seus pais ou responsáveis. → RODA DOS EXPOSTOS.

ENSINO CÍVICO-MILITAR. Modalidade de ensino público instituída no Brasil pelo Ministério da Educação no período governamental 2019–2023. O programa de sua implantação tinha como objetivos contribuir com a qualidade do ensino na educação básica, além de propiciar aos alunos, professores e funcionários um lugar mais seguro, passível de uma atuação focada na melhoria do ambiente e da convivência escolar. Entretanto, o Programa Nacional das Escolas Cívico-Militares (Pecim) foi cancelado em 2023. A favor do programa estavam pessoas que viam no militarismo um exemplo de competência, confiabilidade, seriedade, obediência, respeito e patriotismo. Contra a iniciativa se posicionavam, sobretudo, pessoas que consideravam bom ensino aquele que permite e estimula criatividade, experimentação, descobertas, inovação etc. A nota técnica que embasou o fim da iniciativa justificou a decisão por entender que o programa desviava a finalidade das Forças Armadas e comprometia recursos que poderiam ser mobilizados em frentes prioritárias (Câmara dos Deputados, 2023). → ESCOLA PÚBLICA.

ENSINO FUNDAMENTAL. No Brasil, um dos níveis ou etapas da educação básica, obrigatória. Deve se estender por um período de nove anos, e o acesso dos estudantes a ele é garantido pelo Estado, inclusive aos que não puderam ingressar na idade correta. → ALFABETIZAÇÃO.

EPIDEMIA. Doença contagiosa originária de fonte conhecida, que se propaga com rapidez, afetando, durante certo período de tempo, um grande número de pessoas de uma mesma região. Quando se espalha por diversos países ou continentes, e por mais tempo, atravessando fronteiras e ultrapassando o número de vítimas eventualmente previsto, recebe a denominação de "pandemia".

EQUIDADE. Respeito à igualdade de direitos de cada um, independente da lei positiva, mas em atenção a um sentimento do que se considera justo, tendo em vista as causas e as intenções (Houaiss, 2001). → IGUALDADE.

ESCOLA DE APRENDIZES-MARINHEIROS. Instituição pública de ensino profissional criada no Rio de Janeiro em 1840, para abrigar meninos com mais de 12 anos de idade, muitos deles em situação de abandono social ou familiar. Ganhou fama pelo ensino ministrado, tido muitas vezes como de rigor excessivo. Atualmente, recebe jovens a partir de 18 anos. A unidade do Rio de Janeiro foi desativada, mas ainda existem Escolas de Aprendizes-Marinheiros em quatro estados brasileiros: Ceará, Pernambuco, Espírito Santo e Santa Catarina. → ABANDONO.

ESCOLA DE SAMBA. Espécie de sociedade musical e recreativa. A primeira escola de samba foi criada na cidade do Rio de Janeiro, na década de 1920, a partir dos chamados "blocos" e "cordões" que se exibiam nas ruas nos dias de carnaval. Surgidas como organizações basicamente comunitárias, a partir da década de 1960 passaram a ser apresentadas como grêmios recreativos e foram requintando suas apresentações e buscando fontes extracomunitárias de financiamento. Assim, em algumas delas as relações comunitárias permaneceram apenas no âmbito simbólico, em alas (grupamentos) que se apresentam com trajes oferecidos pelas respectivas diretorias. Essas alas são principalmente a das baianas, da velha guarda (veteranos) e a indispensável bateria. Observe-se que as principais escolas de samba cariocas têm seu núcleo fundador em antigas comunidades faveladas, carentes dos direitos fundamentais de cidadania. → CIDADANIA; FAVELA; SAMBA.

ESCOLA PÚBLICA. Instituição social caracterizada principalmente por ministrar ensino gratuito, ao contrário daquela tradicionalmente conhecida como "particular", na qual o ensino é pago, salvo em casos de bolsas de estudo concedidas a alguns beneficiados. Necessariamente voltada ao futuro de seus alunos, a escola pública tem por missão tornar concreto o ideal democrático da educação para todos, a partir da preparação dos segmentos mais empobrecidos da sociedade nacional. Para tanto, os estabelecimentos de ensino são mantidos por órgãos de governo, municipais, estaduais ou federais, com verbas específicas. Quanto mais contarem com o apoio dos órgãos mantenedores, mais as redes de escolas, com profissionais capacitados e valorizados, estarão cumprindo seu propósito de formar cidadãos críticos e participativos em todos os contextos sociais (Becker, 2023).

ESCOLA QUINZE. Nome pelo qual foi popularmente conhecida a Escola Correcional Quinze de Novembro, criada na cidade do Rio de Janeiro, por meio do Decreto nº 4.780 de 1903. A finalidade do documento, expressa em sua denominação, era a "correção" de jovens de menor idade, funcionando em regime de internato. Em novembro de 1941 foi criado, também na então Capital Federal, o Serviço de Assistência a Menores (SAM), pelo Decreto-Lei nº 3.799 do Estado Novo. Mais tarde, o educandário foi administrado pela Fundação Nacional do Bem-Estar do Menor (Funabem), criada em 1964 e extinta em 1990. Suas funções foram, em parte, assumidas por instituições estaduais como a Febem, a Feem e a Flubem, sucedidas por órgãos atualmente em atividade como o Degase (no Rio de Janeiro) e a Fundação Casa (em São Paulo).

ESCOLA TÉCNICA NACIONAL (ETN). Denominação pela qual passou à posteridade a instituição de ensino técnico-profissional fundada na cidade do Rio de Janeiro em 1942, como sucessora da Escola Normal de Artes e Ofícios Wenceslau Braz (1917–1937). A partir de 1967 ganhou a denominação Escola Técnica Federal Celso Suckow da

Fonseca; e na atualidade deste livro é indicada pela sigla Cefet-RJ. Seu prestígio advém do fato de em suas diversas fases ter sempre abrigado alunos de diversas classes sociais oriundos de várias partes da cidade do Rio de Janeiro e arredores, propiciando educação e formação profissional de ensino médio e universitário.

ESCOLA TIA CIATA. Escola da rede municipal de ensino público do Rio de Janeiro, localizada na histórica região da praça Onze carioca, no espaço celebrizado como Pequena África. Na década de 1980, sob a direção da educadora Ligia Costa Leite, sediou um projeto de alfabetização de adolescentes, tendo como público-alvo jovens excluídos do gozo dos direitos básicos de cidadania, vistos como menores delinquentes e de conduta antissocial. A experiência, única entre as mais de mil escolas municipais da prefeitura carioca, superou a perspectiva de fracasso escolar e provou ser possível resgatar o direito à alfabetização, em geral negado a jovens com o perfil dos beneficiados. O projeto foi interrompido com a eleição de Marcelo Alencar, contrário à ideia, ao cargo de prefeito do município do Rio de Janeiro em 1989. Mas a história da experiência está relatada na dissertação de mestrado da professora Ligia Costa Leite, publicada em livro com o título *A magia dos invencíveis*, incluído na bibliografia deste *Dicionário*. → PIVETE; RUA, População de.

ESCRAVATURA. → ESCRAVISMO.

ESCRAVIDÃO CONTEMPORÂNEA. Na atualidade brasileira, bem como em outros países, subsiste a situação em que pessoas são obrigadas a trabalhar em condições análogas à escravidão, ou seja, contra a própria vontade, submetidas a jornadas exaustivas, tendo sua locomoção restrita (em razão de dívida contraída com o empregador ou preposto, ou sob outras formas de coação). A situação é enquadrada pelo Código Penal Brasileiro em vigor no momento de redação deste texto como delito grave, sujeitando o autor do crime à pena de reclusão. Em 2022, segundo dados do Ministério do Trabalho, quatro em cada cinco resgatados nessas condições eram pessoas negras, inclusive nos centros urbanos.

ESCRAVIDÃO E CAPITALISMO. Em Economia, "capital" é toda riqueza capaz de produzir renda; e "capitalismo" é o sistema econômico baseado na legitimidade da propriedade de bens privados e na irrestrita liberdade de comércio e indústria, tendo como principal objetivo a obtenção de lucro (Houaiss, 2001). **Capitalismo e escravidão africana.** Em nome do capital, da produtividade e da livre concorrência, os estados que viriam a constituir os Estados Unidos da América, sobretudo os do Sul, escravizaram e torturaram milhares de pessoas. Estimulados pela demanda por algodão cru surgida com a Revolução Industrial na Grã-Bretanha, em apenas setenta anos (1790 a 1860) os Estados Unidos viram subir de cerca de 700 mil para 4 milhões o número de trabalhadores escravizados. O mesmo ocorreu em Cuba, que entre 1810 e 1840 assumiu a liderança nos mercados mundiais de açúcar; e, no Brasil, onde as fazendas de café atingiram números astronômicos, alimentando a demanda mundial por cafeína. Durante quase toda a década de 1830, algo entre 80 mil e 100 mil africanos escravizados entraram nos portos de Havana e Rio de Janeiro. As instituições financeiras e comerciais se alimentaram da humilhação obscena, da tortura sistemática e do estupro de várias gerações de pessoas negras. Ou seja, a prosperidade e a modernização dos Estados Unidos da América resultaram da expansão da escravidão de homens, mulheres e crianças negras nas oito décadas que se seguiram à independência norte-americana, ocorrida em 1776. Assim, o capitalismo e a riqueza que este gerou foram absolutamente dependentes do trabalho forçado de africanos e afro-americanos, o que destrói os argumentos de que a prosperidade e o avanço do mundo ocidental dever-se-iam apenas aos saberes e haveres herdados do Direito romano, da Filosofia grega e da moral cristã (Baptist, 2019).

ESCRAVIDÃO NATURAL. Conceito vigente nas Américas a partir das viagens de Cristóvão Colombo. Segundo seus formuladores, as sociedades constituídas pelos nativos americanos seriam "naturalmente inferiores", posto que desprovidas de inteligência e moralidade. Desse modo, deveriam obedecer àqueles que lhes seriam superiores – no caso, os colonos europeus. Essa teoria deu margem a um longo debate, no qual a Igreja Católica se colocou contra a escravização dos ameríndios, sem, entretanto, se opor ao tráfico negreiro (Santos, 2002, p. 48–49).

ESCRAVISMO. O vocábulo "escravidão" identifica a condição do indivíduo escravizado; já "escravismo" é o sistema socioeconômico baseado na escravidão; e "escravatura" é o comércio ou tráfico de seres humanos para trabalharem como escravos (Houaiss, 2001). Entre 1538 e 1888, primeiro como colônia portuguesa e depois como império independente, o Brasil foi um dos principais países escravistas do mundo, importando algo como 5 milhões de africanos para o trabalho em canaviais, minas de ouro e diamantes e em cafezais, nos três principais ciclos de sua economia naquela época. No início do século XIX, apesar da decretação, no Reino Unido, do fim do tráfico negreiro, em 1807, o país continuou a trazer escravizados, tornando-se assim a última nação a abandonar a escravatura. A proibição legal da importação de negros da África para as Américas fez com que boa parte dos capitais investidos nesse abominável tipo de comércio passassem a ser aplicados em empreendimentos de outras naturezas, o que animou os círculos progressistas, inclusive no Brasil. Os políticos conservadores, entretanto, reagiram e se posicionaram contra o abolicionismo, impedindo a renovação dos métodos agrícolas, posicionando-se contra a imigração de trabalhadores europeus e impedindo a entrada de capitais, como desejavam os liberais brasileiros. Apesar de terem sido fortemente combatidas pelos conservadores, foram criadas leis de grande importância nesse período. Em 1831, foram declarados livres os africanos que entrassem no Brasil após sua promulgação. Em 1850 foi proibido o tráfico, e, em 1871, foram libertos os filhos recém-nascidos de mulheres escravizadas (Lei do Ventre Livre). A esta seguiram-se: a Lei dos Sexagenários, que, em 1855, emancipava os que tivessem mais de 60 anos; em 1886, a que proibia o uso do açoitamento como pena por infrações alegadamente cometidas por trabalhadores escravizados; e finalmente, em 1888, a que abolia a escravidão no Brasil (Lima, 1964, p. 336–337), sem entretanto estabelecer penalidade para o descumprimento desta nem adotar qualquer medida de amparo ou inserção dos emancipados na sociedade brasileira, omissão que é vista como o principal motivo da desigualdade ainda hoje reinante. → LEI DE TERRAS.

ESCRAVIZADO. Condição da pessoa que sofreu escravização. Na atualidade brasileira, o uso desta palavra, em vez de "escravo", obedece a importante distinção, de cunho não só linguístico como também político: tanto como substantivo quanto como adjetivo, o termo "escravizado" remete a uma condição temporária, findável, enquanto que "escravo" conduz à ideia de algo permanente, consolidado, irremediável.

ESCRAVO. Que ou aquele que, privado de liberdade, está submetido à vontade de um senhor, a quem pertence como propriedade (Houaiss, 2001).

ESPIRITISMO. Sistema religioso codificado pelo francês Allan Kardec e exposto em *O livro dos espíritos*, publicado em 1857. Baseia-se na ideia de que as almas dos seres humanos sobrevivem aos corpos e, num processo evolutivo, reencarnam (ganham novos corpos) sucessivamente, para corrigir erros cometidos em vidas anteriores. Trata-se de uma forma religiosa cristã, mas não aceita pelo catolicismo ortodoxo nem por outras modalidades do âmbito do cristianismo, mesmo sendo esta uma religião cristã. Apesar de muitas confusões a respeito, a umbanda e o candomblé tradicionais não constituem modalidades de espiritismo. → UMBANDA.

ESTADO. Substantivo que define uma nação, sob o ponto de vista de sua organização política. Essa organização pode apresentar diversas formas, porém sempre orientadas por um mesmo princípio, que é a existência de um poder de coação [mando], isto é, uma autoridade que mantenha o respeito às normas de direito (Lima, 1957, p. 5). → NAÇÃO; POLÍTICA.

ESTADO DEMOCRÁTICO DE DIREITO. Denominação atribuída àquela estrutura política em que o poder estatal é limitado pelos direitos dos cidadãos, de modo que deve ser exercido segundo os princípios da legalidade, da constitucionalidade, da democracia, da igualdade e da justiça social. O mesmo que Estado de Direito. → DEMOCRACIA.

ESTADO PARALELO. Expressão usada por alguns órgãos da imprensa brasileira para designar o ambiente de guerra vivido, na década de 2020, em grande parte do território nacional. O termo se apoia em vasta literatura acadêmica que associa os altos índices de violência à atuação de organizações criminosas – como o narcotráfico e as milícias – na disputa pelo controle de mercados ilegais (*O Globo*, 07/10/2023, p. 1).

ESTATUTO DA IGUALDADE RACIAL. → LEIS ANTIRRACISMO.

ESTEREÓTIPO. Em Sociologia, opinião preconcebida, resultante não de conclusão própria, mas sim de julgamento alheio, repetido por imitação. A opinião estereotipada atribui características e comportamentos invariáveis a pessoas de determinados grupos étnicos, nacionais, religiosos etc. Por exemplo: todos os homens negros são craques no futebol, bons dançarinos, dotados de grande força física, violentos, embrutecidos, pouco inteligentes, criminosos ou "feiticeiros". Por sua vez, as mulheres negras ou afromestiças são sempre sensuais, libertinas etc. Alguns estereótipos foram tão reproduzidos que chegaram à literatura, aos palcos de teatro e às telas do cinema e da televisão. Fortes exemplos são a "mãe preta", a "baiana do acarajé", a "mulata-show", o "malandro" e muitos outros. **Operação policial**. No verão de 2023–2024, ante uma onda de assaltos na praia carioca de Copacabana protagonizada por jovens delinquentes originários de localidades periféricas, o governo do estado organizou a "Operação Verão". Nela, policiais foram autorizados a apreender "suspeitos", sem ordem judicial ou flagrante de delito. Assim, muitos jovens (alguns menores de idade) majoritariamente negros foram detidos apenas por suas características étnico-raciais e seus lugares de moradia, o que redundou em vasto noticiário e na intervenção de tribunais superiores. → JECA TATU; MALANDRO.

ESTUDOS AFRICANOS. Linha de estudos e publicações de cunho multidisciplinar surgida nos Estados Unidos, no ambiente do movimento pelos diretos civis na década de 1960, e expandida por diversos países da diáspora. A partir desses estudos criaram-se disciplinas especializadas no estudo das culturas e sociedades do continente de origem, revelando ao mundo nomes de cientistas e escritores como Cheikh Anta Diop, Amadou Hampâté Bâ, Frantz Fanon, Elikia M'Bokolo.

ESTUPRO. Crime que consiste em constranger alguém a manter relação sexual usando violência de qualquer tipo. No Brasil, o Código Penal em vigor no momento deste escrito estende o conceito de estupro à prática de ato libidinoso com violência ou ameaça, e estabelece penas aumentadas quando a vítima tem menos de 18 anos de idade (no caso dos menores de 14 anos, qualquer ato sexual é considerado estupro, mesmo que consentido); e também em caso de vulnerabilidade física ou mental da pessoa vitimada, por isso incapaz de se defender. → VULNERABILIDADE.

ESTUPRO COLONIAL. Expressão usada, na atualidade, para designar a grande quantidade de relacionamentos sexuais entre homens brancos e mulheres indígenas e negras à época da colonização portuguesa no Brasil (séculos XVI–XIX), sem que houvesse equivalência no número de casais formados por mulheres brancas com homens das populações originárias e africanas escravizadas.

ETARISMO. Discriminação social em função da idade, dirigida sobretudo a indivíduos idosos, tidos como incapazes para realizar determinadas tarefas. Em 2023, era noticiado o caso de Patrícia Linares, estudante de 44 anos, vítima, na internet, de postagens ridicularizantes feitas por colegas do curso de Biomedicina de uma faculdade de Bauru (SP) na qual ingressara. O motivo das postagens era a diferença de idade de Patrícia em relação ao restante da turma. Em outro sentido, a contemporaneidade viu surgir o "etarismo econômico", corporificado em negativas ou dificuldades de crédito bancário, de participação em planos de saúde etc.

ETNIA. Coletividade de indivíduos que se diferencia por sua especificidade sociocultural, refletida principalmente na língua, na religião e nas maneiras de agir; o mesmo que grupo étnico. Para alguns autores, a etnia pressupõe uma base biológica, podendo ser definida por uma raça, uma cultura ou ambas. O termo ainda não é unanimemente consagrado (Houaiss, 2001). → GRUPO ÉTNICO.

ETNICIDADE. Característica própria de um grupo de seres humanos, frequentemente estabelecida com base em padrões como nação de origem, língua, ancestralidade etc. (Moreira *et al.*, 2022, p. 149).

ÉTNICO-RACIAL. Expressão composta, usada para se referir a algo tanto por seus caracteres culturais quanto biológicos. → ETNIA; RAÇA.

EUGENIA. Teoria que busca produzir uma seleção nas comunidades humanas com base em supostas leis biológicas e com o propalado objetivo de "melhorar o patrimônio genético de famílias, populações e até da humanidade" (*Grande enciclopédia Larousse cultural*, 1998, verbete "Eugenia"). Difundida pelo antropólogo inglês Francis Galton, na década de 1860, no bojo do surgimento do chamado racismo científico, nunca foi confirmada de fato por pesquisadores. → RACISMO CIENTÍFICO; MISCIGENAÇÃO.

EUROCENTRISMO. Linha de pensamento que tende a interpretar o mundo somente a partir de valores e perspectivas europeias, na crença de que esse grupo seria superior aos demais (Delgado; Stefancic, 2021, p. 172). → INDÍGENAS.

EVANGÉLICOS. Designação popular aplicada aos fiéis de igrejas protestantes (divididos em protestantes históricos, pentecostais e neopentecostais), que pregam o Evangelho, conjunto de livros que registram a vida e as mensagens de Jesus Cristo. Na atualidade brasileira, o crescimento de tais vertentes religiosas vem fazendo crescer entre os adeptos um forte sentimento de rejeição às religiões afro-brasileiras, muitas vezes vistas como maléficas e demoníacas. Essa perspectiva, plantada por lideranças mal-intencionadas, tem levado até a prática de ataques a terreiros e violências diversas contra umbandistas e candomblecistas, rotineiramente noticiadas na imprensa e nas redes virtuais de relacionamento. Um dos supostos argumentos de combate às religiões de matriz africana é o fato de suas práticas não se basearem em nenhum texto doutrinário escrito visto como sagrado.

EVASÃO ESCOLAR. Ato ou ação de abandonar o ensino formal, deixando o estudante de frequentar a escola por qualquer que seja o motivo. No Brasil, a educação é direito de todos e dever do Estado e das famílias (Constituição Federal, artigo 205). Entretanto, em setembro de 2022, segundo o Unicef, 2 milhões de crianças e adolescentes de 11 a 19 anos não estavam frequentando escolas. Uma das causas apontadas para essa evasão era o recente surto do coronavírus. Mas essa justificativa não tinha aceitação unânime. → EDUCAÇÃO; UNICEF.

EXCLUSÃO. Do ponto de vista social, condição de pessoa ou grupo não inserido em determinada situação que proporcione bem-estar, mobilidade positiva, perspectiva favorável etc. Sendo o contrário de INCLUSÃO, a palavra está intimamente relacionada a falta, carência, restrição, segregação, fome, pobreza, doença, infelicidade etc. Entre as políticas públicas praticadas pelos governos democráticos e progressistas, as destinadas a promover a inclusão de pessoas ou grupos excluídos geralmente ocupam lugar importante.

EXÍLIO. Condição de exilado, ou seja, de indivíduo expulso, banido de sua pátria por força de condenação judicial, ou que a abandonou por iniciativa própria, em razão de coação e ameaças, sobretudo de natureza política. Nesta última condição estiveram muitos brasileiros que, com a publicação do Ato Institucional nº 5, em dezembro de 1968, buscaram asilo em países como Chile, Uruguai, França, Suécia, Inglaterra, Portugal e na antiga União Soviética. O termo "asilo" é por vezes confundido com "exílio". Entretanto, o primeiro expressa a ideia de "acolhimento", enquanto o segundo denota "expulsão", como visto nos sinônimos "expatriação"; "banimento"; "desterro"; "degredo" (Barbosa, 2007). → ASILO POLÍTICO.

ÊXODO RURAL. Emigração de populações que abandonam aldeias e campos para se instalar em ambientes urbanos. Esse tipo de movimento migratório foi característico dos séculos XIX e XX em diferentes regiões do mundo, por razões diversas. No Brasil, os maiores movimentos ocorreram e ainda ocorrem das regiões Norte e Nordeste em direção aos estados do Sul e do Sudeste, mais fortemente urbanizados. Mas ocorre também o êxodo entre ambientes igualmente rurais, de localidades pobres para outras mais desenvolvidas e prósperas. Em qualquer circunstância, o êxodo rural pode ser visto como causa e efeito de desequilíbrio demográfico.

EXPOSTOS. → ENJEITADOS; RODA DOS EXPOSTOS.

EXTERMÍNIO. → GENOCÍDIO; LIMPEZA ÉTNICA.

F

FAMÍLIA MONOPARENTAL. → MÃE SOLO; PARENTALIDADE.

FASCISMO. Regime político de extremada orientação nacionalista, imperialista, antiliberal e antidemocrática vigente na Itália entre 1922 e 1943, sob o governo de Benito Mussolini. Sua denominação evoca o *fascio*, feixe de varas empunhado pelos membros da guarda encarregada da proteção de magistrados, no Império Romano. Na Espanha, entre 1939 e 1975, o governo do ditador Francisco Franco teve características similares. No presente, traços do fascismo reaparecem em movimentos autoritários com forte viés nacionalista e antidemocrático. → NAZISMO.

FAVELA. Núcleo de moradias erguidas sem ordenamento, em área de domínio não definido ou mesmo alheio, sem urbanização ou melhoramentos. A denominação nasceu no Rio de Janeiro, então Distrito Federal, na voz de soldados retornados da Guerra de Canudos, no final do século XIX, que passaram a ocupar o Morro da Providência e o associaram à planta "favela", típica do sertão baiano. Além deles, havia também os ex-escravizados que ficaram sem ter onde morar após a abolição. Mais tarde o fenômeno ganhou, em outras localidades brasileiras, sinônimos como "mocambo", "malocas", "alagados" etc., todos com a marca da forte presença negra. No Rio de Janeiro, à época de produção deste texto, a predominância de famílias negras parecia verificar-se apenas nos núcleos mais antigos, como os morros de Mangueira, Salgueiro, Formiga, Turano, Borel, Serrinha etc. De todo modo, as articulações da sociedade civil no sentido de minorar a agudez do problema podem ser vistas na atuação de entidades como a Central Única das Favelas (ver no verbete CUFA deste *Dicionário*) e a Favela Holding (braço da Cufa criado em 2013, reunindo empresas que atuam ou planejam atuar nas comunidades). → REGULAMENTAÇÃO FUNDIÁRIA.

FEDERAÇÃO. Forma de Estado composta por unidades territoriais que conservam relativa autonomia nos assuntos político-administrativos, porém submetendo-se a uma Constituição comum, segundo a qual o poder central exerce com exclusividade a soberania externa. De acordo com a Constituição Federal, a República Federativa do Brasil é formada, em caráter indissolúvel, pelos estados, os municípios e o Distrito Federal. Assim, se constitui em um Estado Democrático de Direito. → ESTADO; REPÚBLICA.

FEMINICÍDIO. No Brasil, palavra que designa o assassinato de uma mulher, cometido por um homem, em razão da condição feminina da vítima, e por resultar de menosprezo ou discriminação a essa condição. O enquadramento está na Lei nº 13.104, de 9 de março de 2015, que alterou o Código Penal vigente desde 1940, passando a atribuir a esse tipo de homicídio a qualificação de crime hediondo, de extrema gravidade. No momento da criação deste texto, discutiam-se as possíveis causas do aumento exponencial das ocorrências de feminicídio em diversas localidades brasileiras. Entre as possibilidades apontadas estava o ódio às mulheres, baseado em uma suposta tentativa de recuperação do supremacismo masculino ante a maior participação da figura feminina nos espaços de poder (Dias, Pâmela *et al.*, 2023, p. 11). → MACHISMO; MISOGINIA; VIOLÊNCIA DOMÉSTICA.

FEMINISMO. Movimento sociopolítico que busca a emancipação social da mulher pela reivindicação de direitos equiparados àqueles concedidos aos homens. **Feminismo negro**. Expressão que denomina o movimento pelos direitos de cidadania das mulheres negras. Baseia--se na evidência histórica de que, na diáspora africana, a condição da mulher escravizada extrapola a questão das diferenças entre os sexos para se constituir em algo específico, e que sendo assim as mulheres negras compõem o segmento há mais tempo e mais profundamente atingido pelo racismo e pelo machismo, sobretudo em sociedades como a brasileira. A trajetória das mulheres negras, entretanto, escreveu uma história que vem desde o início da República, com elas primeiro atuando como coadjuvantes nas ações masculinas, e depois fundando suas próprias associações. No ambiente do Teatro Experimental do Negro, do grande líder Abdias Nascimento, nas décadas de 1940–1950, mulheres se engajaram ativamente, cerrando fileiras na campanha pela regulamentação do trabalho de empregadas domésticas e lavadeiras profissionais. Ao longo da história, o amadurecimento da consciência levou à compreensão, pelas mulheres, de que eram vítimas, também, de homens negros, inclusive militantes e ativistas. Assim, no Brasil, nasciam as entidades negras feministas, em destaque a partir dos anos 1980. Em 2023, no governo do recém-eleito presidente Lula da Silva, foram empossadas como ministras três mulheres negras e feministas, além de uma indígena. → MOVIMENTO NEGRO.

FOLCLORE. Antiga denominação do conjunto de saberes contidos nos costumes tradicionais, como lendas, provérbios, manifestações artísticas etc., em geral preservados pela oralidade de determinados povos ou comunidades. O termo (do inglês *folk*, povo, mais *lore*, saber) caiu em desuso, sendo comumente substituído pela expressão "cultura popular". → CULTURA.

FOME. Carência alimentar. O conceito se estende à alimentação insuficiente ou subalimentação, condição em que os alimentos consumidos não bastam para garantir uma vida ativa e saudável. → AÇÃO DA CIDADANIA; INSEGURANÇA ALIMENTAR; MAPA DA FOME.

FORÇAS ARMADAS. No Brasil, instituição nacional permanente, formada pelos efetivos da Marinha, do Exército e da Aeronáutica, num conjunto organizado com base na hierarquia e na disciplina, sob a autoridade suprema do presidente da República. Seus objetivos precípuos são a defesa da soberania da nação brasileira, a guarda de seu território e fronteiras e a garantia dos poderes constitucionais para manutenção da lei e da ordem no país. As normas gerais a serem adotadas, no caso de emprego das Forças Armadas, são previstas em lei complementar (Constituição Federal, artigo 142).

FRATERNIDADE. Qualidade de união e harmonia entre pessoas que vivem em proximidade ou que lutam pelas mesmas causas (Houaiss, 2001).

FUNABEM. → ESCOLA QUINZE.

FUNAI. Sigla da Fundação Nacional do Índio. → INDÍGENAS.

FUNCIONÁRIO-FANTASMA. O termo "fantasma", quando ligado ou não a um substantivo por hífen, dá a ele o sentido de "ficcional", "não existente", "criado especialmente para iludir" (Houaiss, 2001). Na administração pública brasileira, desde pelo menos a década de 1980, a expressão "funcionário-fantasma" vem denominando indivíduo nomeado para determinado cargo, quase sempre de assessoria parlamentar, em troca de coparticipação em prática delituosa contra os cofres públicos. O delito consiste no recebimento mensal, pelo nomeado, da remuneração do cargo, por via bancária, sem necessidade de comparecer ao local de trabalho. Sua obrigação é apenas a de sacar no banco o numerário que lhe foi destinado, apoderar-se do percentual a que efetivamente faz jus, algo em torno de 10%, na maioria dos casos, como informam as publicações a respeito. Feito isso, a obrigação se completa com a entrega da importância restante, em dinheiro vivo, obrigatoriamente, à interposta pessoa, encarregada da arrecadação pela autoridade comandante do esquema. Essa modalidade de crime contra a administração pública, segundo fontes que se dedicam ao seu estudo, tem proporcionado fortuna a conhecidos políticos, titulares de cargos nos quais se eternizam em mandatos repetidos por décadas.

FUNK. Estilo musical do universo da *soul music* (a "alma negra" afro-americana), difundido por cantores e grupos musicais como James Brown e Sly and the Family Stone, a partir dos anos 1960 e 1970, no ambiente das lutas pelos direitos civis do povo negro. No Brasil a denominação é aplicada a um estilo musical de grande sucesso, difundido a partir das comunidades faveladas do Rio de Janeiro, às vezes denunciador de injustiças sociais, mas que também pode ter outras características e temáticas.

FUTEBOL. Esporte introduzido no Brasil por imigrantes ingleses em 1894 e que se tornou o esporte mais popular no país e talvez no mundo. A participação de afro-brasileiros nessa modalidade esportiva começou a ocorrer, com restrições, ainda nos tempos do amadorismo. **Resistência ao racismo**. Na década de 1920, no Rio de Janeiro, o Clube de Regatas Vasco da Gama formava uma equipe integrada em sua maior parte por jogadores negros e de baixas condições sociais, fora do padrão então vigente. Com um time assim, em 1923 o clube conquistou o Torneio Metropolitano (atual Campeonato Carioca), o que motivou a contestação por parte das principais agremiações adversárias. Não aceitando as razões racistas apresentadas, o Vasco desfiliou-se da associação organizadora, justificando sua decisão com um importante documento, que passou à história como a Resposta Histórica. **Profissionalismo.** Admitido como profissão a partir de 1933, o esporte atraiu e formou grande número de jogadores afrodescendentes. Observe-se que, com a instituição gradual do profissionalismo, pretos, pardos e pobres em geral começaram a ser admitidos nos clubes burgueses, mas ainda dentro de uma hierarquização que distinguia claramente os "atletas", sócios dos clubes, dos "jogadores", empregados. Completamente profissionalizado, o futebol enfim tornou-se um dos mais significativos veículos de mobilidade social dos negros. Reconhecido mundialmente durante muito tempo como uma espécie de arte, permeada de movimentos inconscientemente herdados do samba e da capoeira, o futebol brasileiro revelou o talento de incontáveis jogadores afrodescendentes, inclusive aquele que viria a ser considerado o melhor do mundo em seu tempo, Edson Arantes do Nascimento, o Pelé (1940–2022). Em julho de 1999, na Copa das Confederações, ocorrida no México, o Brasil apresentava, pela primeira vez, uma seleção integrada exclusivamente por jogadores não brancos. Em 2008, entretanto, polemizava-se a europeização do estilo brasileiro de jogar futebol, em função da exportação em massa de jogadores profissionais ainda adolescentes contratados a peso de ouro por clubes europeus. Na década de 2020, teve início a discussão sobre a ausência de negros entre os dirigentes e treinadores ("técnicos") dos clubes e sua rarefação entre os árbitros. **Futebol feminino.** No Brasil, com sua prática vetada a mulheres por um decreto do Estado Novo em 1941 e atualizado em 1965, foi considerado um desporto incompatível com a natureza feminina. Entretanto, o tempo passou e, em 1991, a Federação Internacional do Futebol (FIFA) realizava a primeira Copa do Mundo de futebol feminino, e a primeira Olimpíada com essa modalidade aconteceu cinco anos depois. Em 2019, aconteceu a Copa Feminina mais assistida da história até então, com mais de 1 bilhão de telespectadores em todo o mundo, o que abriu caminho para, na competição de 2023, acontecer o aprofundamento das discussões sobre a desigualdade de gênero no futebol. Naquele momento, a jogadora Marta, da Seleção Brasileira, eleita seis vezes como a melhor do mundo, ganhava um salário 125 vezes menor que o de Neymar Jr., atacante brasileiro do Paris Saint-Germain, clube da elite esportiva da França.

G

GENOCÍDIO. Espécie de crime cometido com o objetivo de exterminar um grupo humano, nacional, étnico, religioso etc. Ao longo dos séculos, provavelmente, o maior exemplo desse tipo de delito teria sido o cometido por conquistadores europeus e descendentes contra povos ameríndios, desde o século XV. E a prática genocida persiste até o momento da produção deste texto, com o uso dos mais diversos meios, inclusive de tecnologias avançadas. No Brasil, em 2023, o governo Lula, recém-eleito e empossado, voltava-se para a grave situação dos indígenas do grupo ianomâmi em Roraima, na Amazônia, vítimas desse tipo de delito. Veja-se que a legislação brasileira enquadra como genocídio a ação de quem, entre outras práticas, "submete um grupo, intencionalmente, a condições de existência capazes de ocasionar-lhe a destruição física total ou parcial" (Brasil, 1956).

GENTIOS. Qualificativo aplicado a um conjunto de indígenas tidos como selvagens ou ferozes.

GENTRIFICAÇÃO. Neologismo proveniente do vocábulo em inglês *gentrification* (revitalização), usado para designar o fenômeno resultante da modificação urbana de uma localidade por alteração das dinâmicas sociais como a criação de novos pontos de comércio, demolição de antigos prédios, construção de novas edificações etc. Entretanto, a valorização econômica acaba, em geral, trazendo dificuldades a antigos moradores que, financeiramente incapazes de acompanhar o "progresso", são forçados a buscar outros lugares de moradia. Com isso, o perfil social da localidade é modificado.

GETULISMO. Conjunto de princípios, ideias e práticas ligados à atuação política de Getúlio Vargas, líder da Revolução de 1930, que o levou à presidência da República Brasileira, tendo governado o país em quatro períodos distintos: até 1934, como chefe do governo provisório; de 1934 a 1937, no chamado governo constitucional; de 1937 a 1945, na ditadura do Estado Novo, e de 1951 a 1954, novamente eleito pelo voto popular. Entre suas ações como presidente há importantes medidas de cunho social, como a criação do Ministério do Trabalho, Indústria e Comércio, órgão do qual faziam parte institutos de aposentadoria para diversas categorias de trabalhadores. Nessa época foram concedidos benefícios aos trabalhadores como: assistência médica e hospitalar; regulamentação dos contratos de trabalho; garantia de estabilidade e de férias remuneradas. Do ponto de vista da inclusão de pretos e pardos na sociedade brasileira, a chamada Lei dos Dois Terços, determinando que dois terços das vagas de emprego fossem ocupadas por brasileiros natos, foi um passo decisivo. Segundo Souza, Vargas entendia que o Brasil não precisava ser embranquecido para ter um povo útil e "civilizado"; o necessário era fortalecer as virtudes desse povo, celebrando e preservando sua cultura (Souza, 2022, p. 26). De 1937 a 1945, Getúlio liderou um governo centralizador e autoritário, tendo retornado ao poder seis anos depois. Este último período, de grande conturbação política, terminou com o suicídio do grande líder popular, lembrado como a figura dominante na política nacional por 24 anos e um dos mais influentes líderes brasileiros no século XX.

GLOBALIZAÇÃO. O mesmo que transnacionalização, ou seja, expansão sem limites das grandes corporações transnacionais na economia mundial, em particular nas populosas e férteis nações do Hemisfério Sul (*Enciclopédia do mundo contemporâneo*, 2000, p. 63, verbete "Globalização").

GLOTOCÍDIO. Neologismo criado para designar o fenômeno linguístico da morte de um idioma. Segundo o lexicólogo Caetano W. Galindo, uma das razões da morte de uma língua é a perda de sua utilidade. Em outros casos, esse fenômeno ocorre pela extinção completa de seus falantes, causada por doença, exclusão econômica e chacinas. Neste segundo caso, conforme o mencionado autor, o conceito de glotocídio ganha a trágica dimensão de assassinato, merecendo maior atenção (Galindo, 2022, p. 162).

GOLPE DE ESTADO. Tomada inesperada do poder governamental de um país, pela força e sem obediência às normas constitucionais de sucessão. No Brasil, à época de construção deste texto, esse tipo de ocorrência configurava o delito de abolição violenta do Estado Democrático de Direito.

GORDOFOBIA. Palavra de uso recente na língua portuguesa, criada para designar a aversão ou rejeição a pessoas gordas. No momento de criação deste texto, essa espécie de discriminação era objeto de um projeto de lei federal (nº 1.786/2022) tramitando no Congresso Nacional brasileiro, de modo a ser enquadrada como crime.

GRUPO ÉTNICO. Coletividade de indivíduos que se diferencia por sua especificidade sociocultural, refletida principalmente na língua, na religião e nas maneiras de agir, além de eventuais componentes biológicos. Embora por vezes confundida com o conceito popular de RAÇA (abordado no verbete respectivo), a etnia se refere prioritariamente a fatores culturais e identitários.

GUARANI. Povo indígena localizado em partes dos estados de Mato Grosso do Sul, Rio Grande do Sul e Rio de Janeiro (Houaiss, 2001), além de ocuparem áreas de Argentina, Paraguai e Bolívia. → INDÍGENAS.

GUETO. Denominação pejorativa da parte de uma cidade onde vivem determinados grupos inferiorizados socialmente, sobretudo por suas características étnicas e culturais. A designação simboliza, em geral, o que há de mais negativo na vida urbana, como poluição, barulho, altos índices de criminalidade, má qualidade de moradias e de condições sanitárias (Cashmore, 2000, p. 230–231). A origem do termo estaria, segundo o site *Enciclopédia do Holocausto*, no vocábulo em italiano *ghettos*, designativo, no século XVI, do bairro criado em Veneza para segregar os judeus da cidade.

H

***HABEAS CORPUS*.** Recurso jurídico por meio do qual uma pessoa detida pode pleitear ao juiz competente a verificação da legalidade da prisão, de modo a aguardar em liberdade a confirmação ou não da detenção. Exemplo de direito individual consagrado no artigo 5º da Constituição brasileira de 1988, a expressão é originária do latim, língua ainda corrente no ambiente judicial ou judiciário, sendo uma redução da frase *habeas corpus ad subjiciendum* ("que tenhas o corpo para o apresentares em juízo"), usada na Inglaterra medieval (Pöppelmann, 2010). **Mandado de segurança.** Relativamente equiparado ao *habeas corpus* – por também ser um remédio constitucional voltado à proteção de direitos fundamentais –, o mandado de segurança protege a pessoa em caso de restrição a direito cometida por instituição pública ou pessoa jurídica no exercício de atribuições do poder público.

HAITIANISMO. Na terminologia dos estudos de História, vocábulo usado para caracterizar estado ou intenção de insurgência sob inspiração da Revolução Haitiana, ocorrida entre 1791 e 1804. Por força dela o atual Haiti, país de população majoritariamente negra, expulsou os colonizadores franceses, tornando-se a primeira nação independente na América do Sul, o que reacendeu a chama libertária em todo o continente americano.

HIP-HOP. Denominação que abrange diversos tipos de expressões artísticas surgidas em Nova York (EUA), entre a juventude negra do bairro do Bronx, na década de 1970, e irradiados em escala global para diversos países, inclusive o Brasil. Compreendendo as artes gráficas do tipo grafite, a dança do estilo *break*, além da música e poética do rap, afirmou-se como importante marca negra e urbana de expressão, inclusive política, da juventude negra na diáspora africana. → DIÁSPORA; FUNK; RAP.

HIPOCONDRIA MORAL. Conceito criado pelo psicanalista alemão Erich Fromm no livro *O coração do homem*, de 1964, que ganhou popularidade no Brasil no âmbito das redes sociais na década de 2020. É caracterizado por forte sentimento de culpa, que leva à vocalização de opiniões indignadas, muitas em forma de ataques, visando a atestar a correção moral e as ideias progressistas do agente do discurso. Observe-se que hipocondria é um tipo de inquietação patológica que leva uma pessoa à busca irrefreada de medicamentos ou cuidados médicos. O mal aqui discutido foi definido pelos pesquisadores em Filosofia Natalia Carrillo e Pau Luque, citados em reportagem de Ruan de Sousa Gabriel, como "uma peculiar combinação de 'decência e narcisismo' que caracteriza o comportamento político de classes médias progressistas" (Gabriel, 2023).

HISTORIOGRAFIA. O principal pilar do soerguimento e da manutenção do mito da democracia racial que cerca o desenvolvimento da sociedade brasileira foi o ensino da História do país. Na versão oficial, a figura da princesa Isabel é mostrada sem qualquer juízo político, como a de uma santa que livrou do sofrimento os negros escravizados. Depois, difundindo-se, desde o golpe militar que instituiu a República, a ideia de que a história brasileira teria sido uma caminhada serena, livre de conflitos, graças à índole de seu povo e de seus governantes, tida como "mansa e pacífica". Essa articulação foi sempre utilizada, inclusive pela ditadura militar que tomou o poder em 1964. Nesse contexto, a elite dirigente, preocupada em formar trabalhadores capacitados para o sonhado desenvolvimento industrial do país, preservou o ensino universitário como um bem exclusivo das camadas mais abastadas. O instrumento de realização dessa política foi a reforma escolar instituída em 1971. Segundo suas diretrizes, o ensino de História deveria despertar o caráter cívico de professores e alunos, privilegiando os acontecimentos ideologicamente favoráveis ao pensamento dos então detentores do poder político e econômico. Essa orientação só começou a ser mudada após a redemocratização do país, e especialmente com a promulgação da Constituição de 1988, a qual, entretanto, esteve sob grave ameaça entre os anos de 2018 e 2022 (Santos, 2022, p. 245–247). → CONSTITUIÇÃO; DITADURA.

HOMOAFETIVIDADE. Vínculo afetivo entre pessoas do mesmo sexo. Sua ocorrência e reconhecimento no mundo contemporâneo vem repercutindo de tal forma que já deram margem à criação de um ramo de estudos jurídicos denominado Direito Homoafetivo. Assim, no Brasil, em face do crescimento da jurisprudência referente ao tema, alguns juristas já debatem a necessidade de leis que garantam segurança jurídica aos princípios da homoafetividade, principalmente dentro da ideia pluralista de que "a formação de famílias independe da orientação sexual dos indivíduos" (Dias, 2023).

HONRA. Princípio ético que leva um ser humano a se conduzir de maneira correta, honesta, íntegra, o que lhe permite gozar de bom conceito na sociedade em que vive (Houaiss, 2001).

HUMANIDADE. O conjunto dos seres humanos. Também pode significar clemência, benevolência, complacência, compaixão (Nascentes, 1988).

HUMANISMO. Substantivo usado com diversas significações. No âmbito deste *Dicionário*, designa a atitude ou postura filosófica e social que coloca o valor e a dignidade do ser humano acima de todos os outros princípios. A partir dessa avaliação, o humanismo designou o movimento intelectual e artístico difundido a partir da Itália, entre os séculos XV e XVI, inspirado em antigos textos de filósofos gregos e romanos.

HUMANITARISMO. Convicção baseada na crença de que a principal obrigação moral do ser humano é trabalhar para o bem-estar global.

I

IANOMÂMI. Povo indígena localizado no noroeste do território de Roraima e em parte da Venezuela – no entorno da serra Parima e do rio Orinoco. Em 2024 sua presença no território era calculada em aproximadamente mil anos e sua tradição os descrevia como guerreiros e defensores da floresta, na condição de um dos maiores grupos indígenas do Brasil. Tendo perdido cerca de 40% de sua população entre 1980 e 1990, na época da produção deste livro somavam menos de 28 mil indivíduos em 306 aldeias (dados do Ministério dos Povos Indígenas) e sofriam com os efeitos de atividades predatórias como caça, pesca, desmatamento e principalmente garimpo, exploradas em escala industrial por organizações tidas como criminosas. Desde pelo menos a década de 1990 iniciativas parlamentares vinham tentando revogar a legislação que estabelecera a demarcação das terras ianomânis, baseadas no argumento de que as riquezas do solo e da floresta deveriam ser exploradas em benefício da economia nacional. Quando o presidente Lula foi eleito em 2022, prometeu expulsar os ocupantes ilegais das terras ianomânis, mas na época da produção deste *Dicionário* a imprensa noticiava que isso até ocorreu por um curto espaço de tempo, mas logo a situação voltou a ser praticamente como antes.

IDENTIDADE. Conjunto de caracteres e circunstâncias que distinguem um grupo étnico-racial e graças às quais é possível individualizá-lo.

Num ser humano, é a consciência da persistência da própria personalidade (Houaiss, 2001).

IDEOLOGIA. Sistema de ideias sustentadas por um grupo social de qualquer natureza, segundo seus interesses institucionais, políticos etc. Por exemplo, o movimento da negritude gerou uma ideologia expressa na consciência e no orgulho inspirados pelo valor do patrimônio cultural do povo negro. → CONSCIÊNCIA NEGRA.

IFÁ. Nome que designa o oráculo – sistema divinatório – relacionado no Brasil ao candomblé e em Cuba à *santería*, o qual responde ritualisticamente às perguntas que lhe são dirigidas. Trazido para as Américas com o tráfico negreiro, tem grande importância entre os povos iorubás e vizinhos, como os *Fon* do antigo Daomé (jejes), que o referem como *Fa*. De origem milenar, pode ser consultado em múltiplas circunstâncias, em especial em momentos de decisões importantes. Na atualidade, goza de grande prestígio em Cuba, nos Estados Unidos e outros países das Américas, popularizando-se também desde o início dos anos 1990 no Brasil. Observe-se que, nas Américas, Ifá manteve-se na clandestinidade por força da repressão às práticas religiosas africanas. Com o tempo, a denominação do oráculo se estendeu ao culto surgido em torno da divindade que o preside, Orumilá ou Orula, tido como o segundo orixá mais poderoso após Olódùmarè, o Ser Supremo, sendo aquele representado no catolicismo por São Francisco de Assis, exemplo de saber e humildade. Nesse culto, que envolve também conhecidos orixás do panteão iorubano, como Ogum, Xangô, Iemanjá etc., ocorrem as cerimônias de iniciação de sacerdotes (babalaôs) e sacerdotisas (apetebís). Outra particularidade de Ifá, cujos adeptos são conhecidos como ifaístas, é o interesse que desperta nos meios acadêmicos, depois de seus saberes terem sido reconhecidos como Patrimônio Imaterial da Herança Oral e Cultural da Humanidade pela

Organização das Nações Unidas para a Educação, a Ciência e a Cultura (UNESCO). Sobre a presença de Ifá na atualidade africana, veja-se esta afirmação em Falola (2020): "As práticas divinatórias persistem, como o Ifá dos *Yoruba*, pois continuam atendendo às necessidades dos indivíduos de entender a si mesmos, resolver problemas pessoais e entrever um futuro incerto" (p. 224–225).

IGUALDADE. Princípio segundo o qual todos os seres humanos submetidos à mesma lei gozam dos mesmos direitos e devem cumprir as mesmas obrigações. → EQUIDADE.

IGUALITARISMO. Doutrina que defende a adoção de um sistema de igualdade civil, política e econômica entre todos os elementos de uma sociedade.

ILUMINISMO. Movimento intelectual que caracterizou o pensamento europeu do século XVIII, especialmente na França, Inglaterra e Alemanha. Defendido por homens brancos do tipo denominado "caucasiano", foi a base de muitos estudos que procuravam explicar as diferenças entre os grupos humanos, hierarquizando-os. Então, em que pese sua contribuição na criação e no fortalecimento de instituições como a democracia, no campo científico o iluminismo deu nascimento ao que se denominou "racismo científico", o qual coloca no topo de uma pirâmide imaginária os brancos, e os negros ao rés do chão (Santos, 2022, p. 94). → RACISMO CIENTÍFICO.

IMIGRACIONISMO. Política governamental baseada no estímulo à imigração de indivíduos estrangeiros. No Brasil, após o fim do escravismo, os governos republicanos, para resolver o problema da escassez de mão de obra, teriam desprezado os trabalhadores libertos e os negros degradados pela escravidão, optando pela força de trabalho de europeus e levantinos (turcos, sírios, libaneses etc.) emigrados. → REFUGIADOS.

INCLUSÃO. → EXCLUSÃO.

INDÍGENAS. Segundo a *Enciclopédia do mundo contemporâneo*, a presença indígena nas Américas antes da chegada dos primeiros exploradores europeus pode ser estimada em 40 milhões de habitantes. Conforme a mesma fonte, o que levou à diminuição brutal do número desses legítimos donos da terra, inclusive no Brasil, foi a falsa ideia da supremacia europeia por parte dos colonizadores, que levou séculos para ser sequer contestada. A Constituição do Império do Brasil de 1824 ignorava a existência dos povos indígenas, considerando que a sociedade brasileira era "homogênea". Só em 1910, com a criação do Serviço de Proteção ao Índio (SPI), começava a ser esboçada uma política indigenista – que entretanto só foi levada a cabo depois de cinco décadas, em 1967, com o surgimento da Fundação Nacional do Índio (Funai), entidade cuja função é relacionada sobretudo à delimitação, à demarcação, à regularização e ao registro das terras indígenas, tendo também como responsabilidade coordenar e implementar as políticas de proteção aos povos indígenas. Na atualidade brasileira, o período de 2018 a 2022 se caracterizou pelo menosprezo às conquistas dos remanescentes das populações originárias, com o recrudescimento de episódios de invasão de terras, poluição de rios etc., repetindo as constantes atitudes supremacistas e eurocentristas adotadas desde os tempos coloniais. Uma nova expectativa, entretanto, surgiu no Brasil com a criação, em janeiro de 2023, do Ministério dos Povos Indígenas, pelo governo do presidente Lula, empossado nesse ano. → CAINGANGUE; CAIOUÁ; EUROCENTRISMO; GUARANI; IANOMÂMI; MACUXI; MINISTÉRIO DOS POVOS INDÍGENAS; TERENA; TICUNA.

ÍNDIO. Termo designativo do indivíduo originário de um grupo indígena e que é por este reconhecido como membro (Houaiss, 2001). → INDÍGENA; POVOS ORIGINÁRIOS.

INJÚRIA RACIAL. Ilícito penal praticado por quem ofende a honra e a dignidade de outrem por meio de ato ou manifestação ofensiva, tendo por alvo a condição étnico-racial da pessoa ofendida. Em janeiro de 2023 entrava em vigor no Brasil a Lei nº 14.532, que equiparou a injúria racial ao crime de racismo, sendo por isso inafiançável (sem direito a perdão mediante pagamento de fiança), imprescritível (cujo efeito não cessa com o tempo) e punido com pena de reclusão.

INJUSTIÇA RACIAL. Violação de direito ocorrida pela promulgação de norma jurídica contrária aos direitos de determinado grupo etnorracial. Um exemplo clássico foram as chamadas Leis Jim Crow, vigentes nos Estados Unidos até a década de 1960. → JUSTIÇA.

INSEGURANÇA ALIMENTAR. Situação ou condição em que indivíduo ou grupo, sobretudo familiar, não tem acesso regular e permanente a alimentos em quantidade e qualidade suficientes para sua sobrevivência, segundo definição da Organização das Nações Unidas para a Alimentação e a Agricultura (FAO). Em 2023, de acordo com o IBGE, 27,6% dos lares brasileiros padeciam com algum grau de insegurança alimentar – um número menor que o registrado entre 2017 e 2018, mas ainda superior a 2013, quando o Brasil estava prestes a sair do mapa da fome da ONU (o que ocorreu em 2014).

INSTITUIÇÕES. Estruturas baseadas em princípios fundamentais que regem uma sociedade política, ou seja, um conjunto de cidadãos. Rede de estruturas sociais articuladas entre si, através das quais se exerce o controle social e se satisfazem desejos e necessidades dos integrantes de um povo ou de um Estado (Lima, 1964).

INSURGÊNCIA. Estado de pessoa ou grupo de pessoas insurgentes, que se rebelam contra algo; rebelião. **Histórico**. A oposição entre dominados e dominadores sempre gerou divergências, caladas ou expressas em revoltas, rebeliões e insurreições. No Brasil do século XVII, o governo colonial, baseado ao mesmo tempo na dominação política de Portugal, no comércio praticado exclusivamente com a metrópole em Lisboa e no trabalho escravo, causava inquietação, principalmente aos colonos emigrados para o Brasil, que formavam a classe dominante. Assim, no fim de 1590, cerca de quarenta escravizados insurgentes fugiram de engenhos no atual estado de Alagoas e deram origem ao núcleo de resistência ao escravismo que passaria à história como Quilombo dos Palmares. A total destruição de Palmares só teria ocorrido em 1695, com a ocupação oficial do território pela administração colonial. Nos séculos seguintes, a história do Brasil registrou insurreições de escravizados em diversas regiões brasileiras, bem como movimentos motivados por interesses de grupos específicos e pelo "povo" em geral, assim considerado o grupo de pessoas das classes menos favorecidas da sociedade. Dentro da categoria de insurreições, incluímos: Conjuração de Nosso Pai (Pernambuco, 1666), motivada pelo mau desempenho das autoridades coloniais; Revolta de Vila Rica, estimulada pela carência de alimentos (Minas Gerais, 1720); Conjuração Baiana, revolta negra anticolonial que foi abortada (Bahia, 1798); importantes revoltas protagonizadas por trabalhadores escravizados nos engenhos de açúcar do Recôncavo Baiano (1814, 1822, 1826); Noite das Garrafadas, um levante antilusitano (Rio de Janeiro, 1831); Guerra dos Cabanos (Pará, 1835); Sabinada (Bahia, 1837); Balaiada (Maranhão, 1838); Revolta Praieira (Pernambuco, 1848); rebelião de escravos no Rio Grande do Sul (1848); Revolta dos Parceiros, de colonos imigrantes contra a exploração do trabalho (São Paulo, 1856); ações de rebeldia de escravizados no Paraná (1865) e na Corte (Rio de Janeiro, 1872). No início da República ocorre a Guerra de Canudos (nordeste da Bahia, 1896–1897), tida como guerra religiosa, mas também com forte motivação racial. Seguem-se a esta: Revolta da Chibata (Rio de Janeiro, 1910); Guerra do Contestado, também vista como religiosa, mas com motivação social indiscutível (fronteira Paraná-Santa Catarina, 1912); Revolução Constitucionalista, com relativo apoio popular (São Paulo, 1932); Guerra do Araguaia, na qual a militância da esquerda radical foi dizimada pelas forças da ditadura militar (Pará, Maranhão e Tocantins, 1972). → REVOLTA DA CHIBATA.

INTERNATO. Escola ou instituição de assistência onde os alunos ou assistidos são residentes, recebendo instrução e alimentação. Designação do regime educacional que proporciona esses benefícios, mais comum no Brasil da Era Vargas.

INTOLERÂNCIA RELIGIOSA. Atitude mental ou comportamental caracterizada pela recusa em aceitar, reconhecer ou respeitar sobretudo as religiões de matriz africana, na contramão do preceito constitucional que garante a liberdade religiosa na sociedade brasileira. No Brasil contemporâneo, essa atitude, odiosa e agressiva, quase sempre insuflada por teologias fundadas no poder econômico, tem por vezes chegado ao terrorismo, com a destruição de casas de culto, algumas com histórias exemplares, remontando aos séculos XVIII e XIX. O problema, que inclui em muitos casos a prática de crimes contra a vida, é apenas mais um dos que compõem o triste quadro do racismo brasileiro. **Mãe Gilda.** No ano de 1999, o terreiro dirigido pela ialorixá Gildásia dos Santos, a Mãe Gilda de Ogum, em Itapuã, Salvador, Bahia, foi invadido e depredado por adeptos de uma das maiores igrejas neopentecostais ativas no Brasil. Na sequência, um jornal editado por essa igreja publicou uma matéria intitulada “Macumbeiros charlatões lesam a vida e o bolso dos clientes", ilustrada por uma foto da sacerdotisa com uma tarja no rosto. Aos 65 anos e já abalada por outras agressões anteriores, Mãe Gilda foi vítima de um enfarte fatal, falecendo no dia 21 de janeiro de 2000. Em memória desse acontecimento, em 2007 o presidente Lula da Silva instituiu o Dia Nacional de Combate à Intolerância Religiosa, celebrado na data do falecimento da ialorixá. As estatísticas sobre essa modalidade de delito indicam que desde 2020 sua ocorrência vem crescendo exponencialmente, com um aumento expressivo a partir de 2021. A recriação do Ministério dos Direitos Humanos e da Cidadania no terceiro governo de Lula da Silva (de 2019 a 2022 a pasta foi desmembrada em duas: Ministério da Cidadania e Ministério da Mulher, da Família e dos Direitos Humanos) é vista, no momento de produção deste texto, com bastante otimismo em relação ao combate a esse tipo de intolerância, antidemocrático e delituoso.

J

JECA TATU. Personagem do livro de contos *Urupês*, lançado em 1918 pelo escritor brasileiro Monteiro Lobato (1882–1948). Estereótipo do habitante da região do Vale do Paraíba na época e fruto do preconceito do autor, o tipo consolidou o modelo do "caipira" preguiçoso e sem iniciativa. Jeca Tatu aparecia desanimado, quase sempre de cócoras, em frente à sua casa de sapê. Popular, mas causador de grande polêmica, o personagem teve suas características explicadas por Lobato como tendo sido causadas por males do meio ambiente (ele teria sido acometido pelo verme causador da ancilostomose, ou amarelão, que tem como um dos sintomas principais o cansaço constante), ampliados pelo analfabetismo, tudo por culpa das elites governamentais. → ESTEREÓTIPO.

JEJE. Termo genérico que, no Brasil, designou cada um dos africanos oriundos da antiga Costa dos Escravos (localizada no golfo do Benim, ao sul da baía do Benim, entre o rio Volta e o canal de Lagos) e, hoje, adjetiva tudo o que se relaciona à sua cultura, notadamente o complexo sistema religioso ramificado a partir das cidades de Salvador e Cachoeira, na Bahia, e também de São Luís, capital do Maranhão.

JEJE-NAGÔ. Termo que adjetiva algo que se caracterize, ao mesmo tempo, como nagô e jeje, como é o caso dos primeiros núcleos do candomblé da Bahia. → CANDOMBLÉ; NAGÔ; JEJE.

JIM CROW. Nos Estados Unidos, personagem popular nos palcos do teatro musicado a partir do século XIX. O artista que o caracterizava, fazendo *blackface* (ou seja, com o rosto pintado de preto), interpretava cançonetas de humor ácido, achincalhando o povo negro. O sucesso do típico racismo recreativo fez com que o nome do personagem (Zé Corvo, em tradução aproximada) passasse a designar tudo o que se referisse aos negros – inclusive o conjunto de leis que sustentaram o racismo nos Estados Unidos, só finalmente revogadas em 1964, pela Lei dos Direitos Civis e, em 1965 pela Lei dos Direitos de Voto. → RACISMO RECREATIVO.

JUSTIÇA. Princípio moral que conduz o exercício do Direito, ou seja, de toda ação reconhecida como justa, correta e boa, do ponto de vista de um grupo social. Assim, a justiça não deve ser vista como um princípio abstrato, e sim como um anseio coletivo, como algo a alcançar. E isso depende de discussão sobre seus sentidos e propósitos, por vários segmentos sociais, nos grupos em que a ação supostamente injusta ocorrer.

K

KU KLUX KLAN. Organização terrorista de extrema direita, agora na clandestinidade, criada no estado norte-americano do Tennessee em 1865. Usando métodos covardes de intimidação e violência, que já incluíram linchamentos e enforcamentos públicos, aterroriza o povo afro-americano ainda hoje, impedindo-o de exercer seus direitos políticos e sua cidadania. A ação nociva do grupo, iniciado no Sul dos Estados Unidos após a Guerra Civil, estendeu-se a boa parte do país e também a Cuba. No Brasil, na atual cidade paulista de Itapira, em fevereiro de 1888, ocorreu o linchamento do delegado de polícia da cidade, acusado de proteger escravizados fugitivos. O crime, liderado pelo médico norte-americano James Warne, foi tido à época como inspirado pela Klan. Em 2002 a organização, que chegara a reunir 4 milhões de membros na década de 1920, contava com apenas cerca de 5 mil integrantes. Entretanto, segundo especialistas, sob a primeira presidência de Donald Trump (2017–2021), o grupo teria se fortalecido.

L

LADINO. Um dos qualificativos com que se designavam os indivíduos africanos escravizados no Brasil que apresentavam certa adaptação à cultura local. → BOÇAL.

LATIFÚNDIO. Propriedade rural de vasta extensão, explorada por um único proprietário ou por um pequeno grupo, geralmente familiar, onde se pratica, principalmente, uma cultura que não exige grande investimento (Houaiss, 2001). → PATRIMONIALISMO; REFORMA AGRÁRIA; LEI DE TERRAS.

LEGÍTIMA DEFESA DA HONRA. No Brasil, antiga tese do âmbito do Direito Penal que determinava que, em casos de feminicídio, malogrado ou consumado, era possível excluir ou diminuir a pena quando o motivo do crime fosse alegada ou comprovadamente traição conjugal. Por decisão do Supremo Tribunal Federal (STF), em agosto de 2023, o argumento passou a não ser mais aceito, fosse nas investigações, fosse na fase processual. Segundo o STF, a justificativa de legítima defesa da honra contraria os princípios da igualdade de gênero, da dignidade humana e da proteção à vida, mormente pela quantidade assustadora de feminicídios no país, comprovados por números do Fórum Brasileiro de Segurança (*O Globo*, 6/8/2023).

LEI DE COTAS. → COTAS RACIAIS.

LEI DE TERRAS. Denominação popular da lei promulgada pelo imperador Pedro II em 18 de setembro de 1850, em atenção à solicitação da maioria do Conselho de Ministros, integrado em grande parte por donos de grandes extensões de terras em solo brasileiro. Primeira lei agrária do país, estabelecia que as zonas rurais do Brasil fossem divididas em latifúndios, propriedades com grandes dimensões. Com isso, excluía-se a possibilidade de que trabalhadores outrora escravizados e imigrantes pobres se tornassem proprietários de terras, ainda que pequenas. Essa lei integrava um conjunto de criações jurídicas do Segundo Império cujos efeitos repercutem até hoje, notadamente pelas garantias então concedidas às classes dominantes em detrimento dos direitos dos dominados, em especial os escravizados e seus descendentes.

LEI MARIA DA PENHA. → VIOLÊNCIA DOMÉSTICA.

LEIS ANTIRRACISMO. No Brasil, a campanha abolicionista e, depois, a luta contra o racismo produziram, além dos âmbitos provinciais, estaduais e municipais, um amplo repertório de leis federais, expresso resumidamente nos textos a seguir enunciados, em ordem alfabética. **Lei Afonso Arinos.** Nome pelo qual é conhecida a Lei nº 1.390, de 3 de julho de 1951, incluindo entre as contravenções penais "os atos resultantes de preconceito de raça ou de cor". Sua promulgação se deveu à grande repercussão de um ato de discriminação racial cometido em 1950, em um hotel de São Paulo, contra as artistas afro-americanas Katherine Dunham e Marian Anderson. Seu texto foi modificado pela Lei nº 7.437, de 20 de dezembro de 1985, tendo sido revogada pela nº 7.716 de 5 de janeiro de 1989. **Lei Caó.** Nome pelo qual passou à história a lei federal instituída por iniciativa do político e jornalista afro-brasileiro Carlos Alberto Oliveira dos Santos (1941–2018), cognominado "Caó", bacharel em Direito e secretário estadual do Trabalho e da Ação Social no governo do Estado do Rio de Janeiro. Eleito deputado federal, teve como seu maior feito a aprovação da lei que leva seu nome, a primeira a tipificar como crime o "preconceito de raça ou de cor". Posteriormente, seu escopo foi ampliado para incluir também etnia, religião e procedência nacional. Outras formas de discriminação, como por sexo e idade, estão previstas na Constituição Federal, mas ainda não foram incorporadas a essa legislação específica. A partir dela, a legislação federal antirracista vigente no Brasil incluiu especialmente a Lei nº 12.288 de 20 de julho de 2010, de iniciativa do senador afro-gaúcho Paulo Paim, denominada Estatuto da Igualdade Racial, destinada a garantir à população negra a efetiva igualdade de oportunidades, bem como a defesa dos direitos étnicos individuais, coletivos e difusos, além de combater a discriminação e as demais formas de intolerância étnico-racial. Finalmente, em 11 de janeiro de 2023 passava a vigorar a Lei nº 14.532, que qualifica a prática de injúria racial como crime de racismo, de acordo com o previsto no Estatuto da Igualdade Racial acima mencionado. → INJÚRIA RACIAL; RACISMO.

LETRAMENTO RACIAL. A palavra "letramento", sinônimo de "alfabetização" no léxico da língua brasileira, passou, no campo da moderna pedagogia, a designar um processo de reeducação praticado e designado como letramento racial. Instrumento fundamental para a estruturação da sonhada igualdade em nosso país e em outras sociedades semelhantes, esse processo reúne um conjunto de práticas articuladas para desconstruir visões enviesadas, criadas ao longo dos tempos e enraizadas no senso comum. Por meio do letramento racial, graves desvantagens e prejuízos que, no Brasil, recaem sobretudo nos ombros das populações negras e originárias poderão ser vistos como fardos injustos e anormais, tudo isso com a valorização didática de conceitos como cidadania, cultura, diversidade de costumes e crenças etc., no caminho certo da construção de um país mais humano, igualitário e efetivamente desenvolvido.

LEVANTE. Posição geográfica que indica, na Ásia, o lugar do horizonte onde o sol nasce; sinônimo de Oriente. Em cartografia, o nome designa a grande região asiática limitada a oeste pelo mar Mediterrâneo e a leste pelo deserto da Arábia, na qual se localizam os territórios de Síria, Jordânia, Israel, Palestina, Líbano e Chipre. → IMIGRACIONISMO.

LGBTQIAPN+. Acrônimo ou sigla que identifica, em conjunto, pessoas cuja orientação sexual e/ou identidade de gênero são referidas como lésbicas, *gays*, bissexuais, transexuais e travestis, *queer*, intersexo, assexuais, pansexuais, não binários, com um sinal de + para reconhecer outras orientações possíveis. Veja-se que os termos *gay* e *queer* surgiram no inglês falado nos Estados Unidos, especialmente na gíria das comunidades negras (*Black Slang*, 1970), com conotação provavelmente pejorativa.

LIBERALISMO. Conjunto de ideias e doutrinas que visam a assegurar a liberdade individual nos campos da política, moral, religião etc. dentro da sociedade. Na política, advoga a liberdade do indivíduo em relação ao Estado, preconizando oportunidades iguais para todos. Em suas vertentes clássicas, inclui também a defesa da liberdade econômica, com mínima intervenção do Estado. Em países nos quais as condições de subsistência e convivência humana são claramente desiguais, as ideias e doutrinas liberais quase sempre contribuem para aumentar essas desigualdades.

LIBERDADE. Condição ou possibilidade que tem um indivíduo de agir ou se exprimir de acordo com sua vontade e sua natureza. Condição de uma nação que não se acha submetida ao jugo de um país estrangeiro. **Autodeterminação** (Houaiss, 2001). Faculdade ou capacidade de fazer ou deixar de fazer algo por vontade própria, sem se submeter a imposição alheia; condição em que se encontra o ser humano livre (Nascentes, 1988). **Liberdade de expressão.** No Brasil, a livre manifestação do pensamento, vedado o anonimato, é protegida como um dos direitos e garantias fundamentais, conforme o artigo 5º, parágrafo IV da Constituição de 1988. Entretanto, os excessos, como os definidos pelas leis penais como injúria, calúnia e difamação, não são tolerados por atingirem a honra do indivíduo ofendido. Sobre essa questão, veja-se a polêmica entre os que advogam a liberdade sem controle na comunicação digital. E observe-se que, na boa mídia tradicional, as notícias passam por estágios como apuração, checagem nas fontes e confirmação junto a especialistas no tema focalizado antes de serem divulgadas. → DISCURSO DE ÓDIO.

LIMPEZA ÉTNICA. Expressão que designa o completo extermínio de um povo levado a efeito por um outro, maior e portador de definição étnica diferente, com base em questões culturais ou meramente territoriais. → GENOCÍDIO.

LINHA DA POBREZA. Em estatística, denominação da linha simbólica que demarca, em valores monetários, as posições ocupadas pelos indivíduos, pessoas e grupos que conseguem ou não, em determinado momento, acesso aos meios necessários à sobrevivência. Segundo o Instituto Brasileiro de Geografia e Estatística (IBGE), em 2022, entre os brasileiros pretos e pardos, 40% viviam abaixo da linha da pobreza, ou seja, praticamente o dobro da proporção de brancos (21%) nessa posição (Gomes, 2023). Pelos critérios do Banco Mundial, são consideradas extremamente pobres as famílias que dispõem de menos de US$ 6,85 por dia para viver, valor que correspondia, em 2022, a uma renda *per capita* mensal de R$ 637. → POBREZA ABSOLUTA.

LINHA DE COR. Divisão simbólica entre grupos étnico-raciais praticada em sociedades humanas nas quais a pigmentação da pele é usada como critério para a avaliação social. Segundo Cashmore (2000, p. 331), a sociedade brasileira seria um exemplo de grupo no qual não ocorreria esse tipo de divisão, pois "ninguém sabe ao certo onde termina a brancura e começa a negritude". Entretanto, essa avaliação não se sustenta nem mesmo tem força como argumento ideológico, uma construção hoje flagrantemente desmentida pelo endurecimento da legislação antirracista e pelas frequentes ocorrências policiais envolvendo discriminação racial nas grandes cidades brasileiras. → DEMOCRACIA → DEMOCRACIA RACIAL.

LOUCURA. Palavra usada pelo senso comum para se referir a um diagnóstico de transtorno mental. Embora seja um fenômeno que parece ter acompanhado o ser humano desde sempre, somente no século XVIII o sofrimento psíquico, em suas diversas manifestações, passou a ser compreendido como enfermidade. Antes disso, os desvios da norma comportamental eram entendidos como possessão demoníaca, resultantes de bruxaria – em especial os violentos. Considerava-se que os ditos loucos (atributo usado indiscriminadamente para se referir a epiléticos, alcoolistas, homossexuais, prostitutas, entre outros) eram acometidos por um mal, que passou a ser combatido com encarceramento, medicamentos sedativos, eletrochoques e todo tipo de tratamentos desumanizadores. Ao longo do tempo, descobriu-se que o adoecimento psíquico pode surgir por diversos motivos, inclusive sociais. Nos séculos da escravatura, a diáspora africana conheceu, por exemplo, um tipo de depressão que levava homens e mulheres escravizados até ao suicídio. Chamava-se "banzo", vocábulo originário do quicongo *mbanzu*, pensamento, lembrança; relacionado ao quimbundo *mbonzo*, saudade, paixão, mágoa (Lopes, 2012). Na atualidade, o racismo e a exclusão têm levado muitos afrodescendentes, em escala global, à loucura.

LUGAR DE FALA. Posição ou circunstância que confere a uma pessoa autoridade para falar sobre determinado tema ou assunto. Corresponde à expressão latina *ex-cathedra*, "de cadeira", assim exemplificada: "Ela fala 'de cadeira', pois sabe bem o que está dizendo." A expressão se popularizou no Brasil no contexto do ativismo antirracista, com o livro *Lugar de fala*, da filósofa Djamila Ribeiro, dando margem a polêmicas quanto à correção política de seu uso.

M

MACHISMO. Demonstração exagerada de orgulho masculino; virilidade agressiva; comportamento que pretende negar à mulher a extensão de direitos e prerrogativas tidas como exclusivamente masculinas (Houaiss, 2001). No momento da construção deste texto algumas formulações teóricas discutiam o machismo negro, emanado de homens e tendo como vítimas suas contrapartes femininas (mulheres de mesma origem que a sua). → FEMINISMO NEGRO.

MACUXI. Povo indígena localizado entre o leste do estado de Roraima e a Guiana. → INDÍGENAS.

MÃE SOLO. Mãe que assume todas as responsabilidades pela criação dos filhos, sejam financeiras ou afetivas, de forma monoparental (quando apenas uma pessoa exerce o cuidado com a prole). A denominação indica uma forma de parentalidade desvinculada do estado civil, em vez da antiga caracterização "mãe solteira". → PARENTALIDADE.

MALANDRO. Indivíduo que simboliza o típico personagem carioca do universo do samba. Destaca-se como boêmio, com modos peculiares de se vestir, falar e caminhar, mas não deve ser confundido com nenhuma espécie de malfeitor, bandido ou delinquente. → SAMBA.

MANDADO DE SEGURANÇA. → *HABEAS CORPUS.*

MAPA DA FOME. Tabulação de dados produzida periodicamente pela Organização das Nações Unidas para a Alimentação e a Agricultura (FAO), com estatísticas sobre a fome no mundo, com o objetivo de orientar campanhas de combate a esse flagelo. Em 2023, foi definida uma meta global de extinguir a fome até 2030. O Brasil, que saíra do mapa em 2014, retornou a ele em 2022. → FOME → ONU → SUBALIMENTAÇÃO.

MARCO TEMPORAL. Um marco é qualquer elemento criado para fixar, em extensão espacial ou temporal, uma distância que se quer ver cumprida ou respeitada. No Brasil, o caso da demarcação de terras indígenas popularizou a expressão "marco temporal" da seguinte forma: Em 2023, interesses diversos defendiam entendimento segundo o qual, constitucionalmente, os povos originários não teriam direito a reivindicar terras demarcadas após a data de promulgação da Constituição, 5 de outubro de 1988. Em posição contrária, campanha da organização internacional Greenpeace alertava para o fato de que essa tese punha em risco a sobrevivência dos povos e a proteção da biodiversidade em seus ambientes. Em setembro de 2023 o Supremo Tribunal Federal (STF) rejeitou, por nove votos a dois, a tese do marco temporal, decidindo que a data da promulgação da Constituição Federal não poderia ser utilizada para definir a ocupação da terra por seus habitantes originários. No entanto, três meses depois a bancada ruralista do Congresso Nacional derrubou o veto presidencial que barrava parcialmente o marco temporal. No momento da produção deste *Dicionário* é aguardado o parecer final do STF sobre o tema. → BIODIVERSIDADE; TERRITÓRIO.

MÉDICOS SEM FRONTEIRAS (MÉDECINS SANS FRONTIÈRES). Organização internacional sem fins lucrativos, criada na França em 1971, com o objetivo de fornecer ou propiciar ajuda médica e humanitária a pessoas em situações de emergência, tais como conflitos armados, catástrofes, epidemias, escassez de alimentos etc. Em 1999, ganhou o Prêmio Nobel da Paz, conferido a pessoas e organizações que com suas ações contribuem ou contribuíram para a manutenção da paz no mundo. → HUMANITARISMO.

MEIO AMBIENTE. → AMBIENTE.

MEMÓRIA. Conjunto de experiências vividas; reminiscências dos principais acontecimentos da existência de um indivíduo ou de uma coletividade. Para uma sociedade, a preservação e a socialização dessa vivência, pelos meios possíveis, são fundamentais para a formação e a manutenção da identidade. Um eloquente exemplo dessa avaliação foi a descoberta, em 2023, na Dinamarca, pela antropóloga brasileira Glicéria Tupinambá, de um manto sagrado, de uso exclusivo de ritualistas de seu povo, os indígenas tupinambás. Levada para a Europa pelo menos desde o fim do século XVII, a bela peça, ainda bem conservada, revelava, segundo a pesquisadora, informações surpreendentes sobre a vida e os costumes de seu povo. Por fim o governo dinamarquês se comprometeu a devolver a peça ao Brasil para ser integrada ao acervo do Museu Nacional, no Rio de Janeiro, que à época da produção deste *Dicionário* estava em obras de recuperação, em razão de um incêndio ocorrido em 2018. → IDENTIDADE.

MENORIDADE. Estado ou condição de pessoa que ainda não atingiu a maioridade, sendo por isso juridicamente incapaz para praticar atos da vida civil. No momento de criação deste texto, no Brasil, menores de 16 anos de idade são classificados como absolutamente incapazes; os que têm entre 16 e 18 anos são relativamente incapazes; e só a partir dos 18 anos detêm capacidade absoluta, ou seja, maioridade absoluta, com direito a realizar todos os atos de cidadania (ex.: votar nas eleições), sendo responsáveis por tudo o que praticarem.

MERCADO. No estudo de Ciências Econômicas, lugar teórico, imaterial ou abstrato no qual ocorre o conjunto dos negócios, pela troca de bens econômicos ou dinheiro, por meio do encontro de vendedores. Também pode significar instituição abstrata que teoricamente propicia esse encontro, ou lugar público onde se vendem mercadorias; centro comercial. → ECONÔMIA DE MERCADO; MERCADO DE TRABALHO.

MERCADO DE TRABALHO. Instituição imaterial – sem existência física – que tem como função aproximar pessoas que oferecem sua força de trabalho e outras que dela necessitam. Entretanto, sua ação está sempre sujeita às oscilações decorrentes de época e lugar, e às regras da lei de oferta e procura. A inclusão no mercado de trabalho de pessoas situadas nas classes sociais menos favorecidas é, tanto no Brasil como em outros países, marcada por dificuldades como índices de desemprego mais altos, ocupações precárias, subutilização e menores rendimentos. Como exemplo, veja-se que, nos anos 2020–2022, segundo as estatísticas mais respeitadas, a pandemia do coronavírus acentuou as diferenças: durante o período de isolamento, homens e mulheres afrodescendentes eram maioria entre aqueles que perderam emprego e ficaram sem perspectiva de nova ocupação. **Mercado de trabalho e inclusão**. Especificamente relacionado à promoção e mobilidade dos afrodescendentes, em 2021 era lançado o livro *A empresa antirracista: como CEOs e altas lideranças estão agindo para incluir negros e negras nas grandes corporações*. De autoria do jornalista Mauricio Pestana, CEO (diretor-executivo) da empresa *Revista Raça Brasil* e ativista na área de inclusão e diversidade, o livro contém uma série de importantes artigos e entrevistas sobre o tema. No prefácio da obra, Antonio Batista da Silva Junior, presidente-executivo da Fundação Dom Cabral, escola de negócios com padrão e atuação internacionais de desenvolvimento e capacitação, assim se manifesta: "O olhar atento da sociedade que antes se limitava à performance econômico-financeira tem se tornado cada vez mais criterioso para avaliar a relevância de uma organização e a sua razão de existência. Além de bons resultados, o cidadão quer saber também o quanto a empresa cria valor para a comunidade, agindo como protagonista no desenvolvimento de uma sociedade ética, inclusiva, justa, sem deixar ninguém para trás. As gerações de hoje querem saber de que forma as empresas estão conduzindo seus negócios e a que custo" (Pestana, 2021, p. 12).

MÉRITO. Merecimento; fator que torna uma pessoa digna de elogio, reconhecimento, recompensa. O vocábulo é frequentemente usado no debate sobre ações afirmativas, numa discussão que sempre opõe o talento individual (aí compreendido como uma soma de inteligência, aptidão e habilidade) aos motivos sociais invocados pelos beneficiários das ações reclamadas. Mas só o talento não define necessariamente o mérito, pois essa qualidade pode ser adquirida por privilégio e não pela aplicação. Exemplo: um estudante branco, filho de família abastada de um bairro valorizado de uma cidade próspera, terá muito mais facilidade de se preparar para um concurso do que um estudante negro empobrecido de uma localidade periférica e desprotegida.

MERITOCRACIA. Sistema no qual as melhores posições são ocupadas por aquelas pessoas consideradas como detentoras de maior merecimento. O conceito é frequentemente criticado por desconsiderar as desigualdades históricas e sociais que limitam o acesso às mesmas oportunidades, contribuindo para a perpetuação da exclusão. → MÉRITO.

MESTIÇAGEM. Resultado da miscigenação, mistura dos constituintes somáticos de um homem e uma mulher de origens étnico-raciais diferentes. No século XIX, no contexto do racismo científico, a miscigenação era condenada pela suposição de que os mestiços herdariam as características negativas de ambas as raças que os compunham (Souza, 2022, p. 19). Entretanto, no Brasil da Era Vargas (1930–1945) a mestiçagem deixou de ser desvantagem para se tornar condição positiva, digna de elogio, com a acepção de "mistura" chegando a todos os campos culturais, tais como culinária, música, dança, religião etc. Nesse momento, diversas práticas foram "desafricanizadas" e passaram a ser vistas como motivo de orgulho nacional e marca da originalidade cultural do país (Schwarcz; Starling, 2015, p. 378). Esse desmanche da identidade africana reforçava o mito da democracia racial e disseminou a ideia de que, no Brasil, a discussão da identidade negra não teria sentido, por ser este um país essencialmente mestiço. Essa ideia vem, historicamente, anuviando a percepção social quanto ao racismo brasileiro, dificultando políticas públicas que resgatem os afrodescendentes dos bolsões de miséria e barrando seu acesso às esferas privilegiadas da sociedade (Lopes, 2011). → MISCIGENAÇÃO.

MILÍCIAS. → ORGANIZAÇÕES CRIMINOSAS.

MINERAÇÃO CLANDESTINA. Mineração é a exploração de jazidas para extração de metais preciosos. A atividade exige autorização; entretanto, em diversas regiões do Brasil ela é executada há muito tempo sem os requisitos legais, em terras indígenas ou de comunidades remanescentes de quilombos, configurando delitos ambientais e crimes de outras naturezas. No momento de produção deste texto, autoridades federais brasileiras procuravam reprimir essas atividades, com muitas dificuldades decorrentes do envolvimento nestas de organizações criminosas muito bem estruturadas.

MINISTÉRIO DOS POVOS INDÍGENAS. Órgão do Poder Executivo brasileiro criado em 1º de janeiro de 2023, com o objetivo primordial de garantir aos indígenas: acesso à educação e saúde; demarcação de suas terras; defesa contra as ameaças de genocídio e apagamento de suas tradições e sua cultura. No ato de criação a conduta do Ministério foi entregue à ativista indígena Sonia Guajajara. → INDÍGENAS.

MINISTÉRIO PÚBLICO. No Brasil, instituição do Poder Judiciário incumbida de defender a ordem jurídica, o regime democrático e os interesses sociais e individuais indisponíveis, ou seja: o direito à vida, à liberdade e à dignidade.

MINORIA. Grupo de pessoas que, em virtude de suas características étnico-raciais ou culturais, vive separado de outros da mesma sociedade, por força do tratamento diferenciado e desigual que recebe, considerado por esses indivíduos como discriminação coletiva. No Brasil, a classificação de minoria não pode nem deve ser atribuída à população negra, já que este contingente, embora seja discriminado, não é numericamente minoritário no conjunto dos brasileiros. O mesmo se aplica às mulheres.

MIQUIMBA. Nas periferias cariocas, tratamento depreciativo, de menosprezo, geralmente dirigido a meninos e rapazes negros. Tem provável origem no termo *nkima*, da língua angolana quimbundo, que designa uma espécie de macaco pequeno. Corresponde a *nikimbwa*, no umbundo, outra língua angolana do mesmo grupo banto.

MISCIGENAÇÃO. Processo ou resultado da mistura de componentes étnico-raciais heterogêneos pelo casamento ou coabitação de homem e mulher de origens étnicas diferentes. Sobre o tema, bastante polemizado no âmbito do ativismo negro, o líder Abdias Nascimento (1914–2011) registrou que, se no Brasil realmente houvesse igualdade e respeito em todos os sentidos, a miscigenação resultante da união conjugal de pessoas de "raças diferentes" seria sempre um acontecimento positivo, capaz de enriquecer a sociedade brasileira e a "humanidade das pessoas" (Nascimento, 1980, p. 272). → EUGENIA.

MISOGINIA. Estado mórbido masculino que se manifesta por ódio ou aversão a pessoas do sexo feminino ou especificamente por aversão ao contato sexual com mulheres. → FEMINICÍDIO.

MISSA DOS QUILOMBOS. Celebração católica criada pelo bispo Dom Pedro Casaldáliga (1928–2020), com texto do poeta Pedro Tierra e música do compositor e cantor Milton Nascimento, encenada pela primeira vez em 20 de novembro de 1981, em União dos Palmares (AL) e em Recife (PE), para um público estimado em 8 mil pessoas. A obra denuncia as consequências da escravidão negra e o racismo no Brasil, demonstrando a atitude piedosa do setor progressista da Igreja Católica, inclusive com a introdução, na missa, de referências culturais de diversos povos brasileiros. Entretanto, a celebração não agradou os setores mais conservadores, sendo alvo de retaliações até mesmo pela imprensa. Mas sua existência foi salva com a produção de um documentário cinematográfico homônimo, estreado na programação da TV Senado 25 anos depois, em novembro de 2006. → QUILOMBO.

MOBILIDADE SOCIAL. Modificação vivenciada por um indivíduo, um grupo familiar ou uma comunidade dentro de um sistema social marcado por hierarquias. Existem dois tipos de mobilidade social: a vertical e a horizontal, as quais podem ocorrer positiva ou negativamente, ou seja, de modo crescente ou decrescente. Ela é crescente quando o indivíduo ou grupo cresce na hierarquia e ascende a uma classe superior àquela em que antes estava, e é decrescente quando a mobilidade se verifica no sentido contrário. Na mobilidade decrescente, o indivíduo ou grupo tem sua importância diminuída (por exemplo, no caso de empobrecimento financeiro, no qual o indivíduo passa a integrar uma classe social inferior àquela onde antes vivia). Já a mobilidade social horizontal se refere apenas a uma mudança na posição que o indivíduo ou grupo ocupa na sociedade, sem que perca seu lugar na pirâmide social. É o caso, por exemplo, do estudante pobre que consegue ingressar em uma faculdade. Essa mudança faz com que haja alteração em sua posição social, mas ele só vai poder galgar um degrau na pirâmide social quando se graduar e conseguir um trabalho bem remunerado, que permita sua mobilidade vertical ascendente.

MOBILIDADE URBANA. Condição que possibilita, em uma cidade, o deslocamento de pessoas e o tráfego de veículos. Em boa parte das maiores cidades brasileiras, as condições de mobilidade são reprovadas pelos usuários dos serviços de transporte, tanto públicos quanto particulares. No momento de construção deste texto, o principal motivo do agravamento das condições é a falta de investimento público adequado. O problema vem se agravando dia a dia, tornando o percurso de casa aos postos de trabalho – seja de ida, seja de volta – uma dolorosa *via crucis*. O transporte ferroviário se transformou, no Rio de Janeiro e em outras capitais, objeto de roubos e furtos de fiação, trilhos e outros componentes metálicos. Vendidos a receptadores do ramo conhecido como "ferro-velho", de comércio de metais usados, os materiais subtraídos são revertidos em moeda corrente para toda sorte de excluídos e desvalidos. Por conta desse tipo de prática, o transporte de passageiros é rotineiramente interrompido. Nos trens que atravessam trechos muito próximos a favelas dominadas por grupos de criminosos, os tiroteios constantes também são causa de interrupção do tráfego. Nas rodovias, o trânsito, devido muitas vezes a troca de tiros, da mesma forma ocasiona congestionamentos quilométricos. Assim, para chegar ao trabalho na zona sul carioca o trabalhador ou trabalhadora com residência, por exemplo, na zona oeste ou na Baixada Fluminense leva em média três horas para cumprir seu roteiro. Matéria publicada em

O Globo aprofunda esse cenário, ao destacar que essa situação "joga contra a produtividade do trabalhador brasileiro"; que "não só os mais pobres são prejudicados, pois atinge também os mais abastados", já que "o aumento do volume de automóveis nas ruas agrava os engarrafamentos" (Almeida; Coutinho, 2023).

MOVIMENTO NEGRO. No Brasil, conjunto de entidades privadas compostas por indivíduos negros (além de eventuais simpatizantes não negros), empenhados na luta por direitos de cidadania para esse grupo. A expressão conceitua mais especificamente as organizações nascidas a partir do final da década de 1960, diferentes daquelas que as precederam, principalmente pelo fato de compartilharem uma agenda internacional, graças à popularização das viagens aéreas e ao progresso dos meios de comunicação, como a televisão e, posteriormente, a internet. Alguns dos marcos iniciais do movimento negro brasileiro estão nas confrarias e sociedades de auxílio mútuo existentes na época escravista, com a finalidade de propiciar a alforria de seus membros. Após a abolição, talvez a mais importante entre todas essas entidades tenha sido a Frente Negra Brasileira (FNB), fundada em São Paulo em 1931 e dissolvida pelo Estado Novo em 1937, e que durante sua existência inspirou a fundação de inúmeras coirmãs em boa parte do território nacional. Pouco antes da dissolução da FNB, no II Congresso Afro-Brasileiro, graças à pressão das novas lideranças, o evento conduzia as discussões mais pelo caminho do futuro do povo negro do que o das reminiscências, como ocorrera nos encontros anteriores. Segundo Darcy Ribeiro, essa diretriz teria sido uma das causas da dissolução da importante organização (Ribeiro, 1985). Na segunda metade dos anos de 1970, livre do Estado Novo, mas ainda sob vigência da ditadura instaurada em 1964, o movimento negro começou a se reestruturar, de forma contínua, em algumas das principais cidades brasileiras, reorganizando-se certamente inspirado pelo movimento pelos direitos civis nos Estados

Unidos e pela independência dos países africanos. Em fins do século XX, o movimento negro brasileiro congregava, segundo John Burdick (verbete "*Black consciousness in Brazil*", em Appiah e Gates Jr., 1999), cerca de seiscentas entidades, em quase todos os estados da Federação. Com o objetivo principal de recuperar uma história que teria sido escamoteada e distorcida pelo ensino convencional, e buscando difundir um novo tipo de autoconhecimento, essas entidades eram, à época da redação deste texto, de várias naturezas, desde associações leigas criadas pela Igreja Católica, como a Pastoral do Negro e centros de pesquisa em universidades, passando por grupos reunidos por outros interesses principais, e ativistas e militantes de atuação individual. Nesse contexto, o Movimento Negro Unificado (MNU), a maior entidade desse tipo no Brasil, prioriza, como área de atuação, a política étnico-racial contemporânea, combatendo a violência policial e defendendo as populações de rua, além de lutar nos tribunais contra a discriminação no mercado de trabalho e dar suporte logístico à luta do feminismo negro em todos os níveis. Durante a elaboração da Constituição brasileira, entre 1987 e 1988, o MNU teve grande influência no sentido de que diversos partidos políticos incluíssem em seus programas plataformas antirracistas, criassem comissões sobre o assunto e indicassem candidatos negros aos pleitos eleitorais. No rastro dessas ações, alguns governos estaduais, como o de São Paulo, criaram secretarias e conselhos voltados para as questões pertinentes às comunidades afro-brasileiras. E a maior consequência dessas ações foi o reconhecimento, pelo Estado brasileiro, de que, no Brasil, a decantada "democracia racial" é, efetivamente, um mito. No final de 2002, os históricos militantes Carlos Alberto Medeiros e Ivanir dos Santos, em artigo jornalístico, chamavam a atenção para o fato de que as denúncias do movimento negro já se apoiavam numa nova vertente da pesquisa acadêmica e que, graças à atuação de indivíduos qualificados do ponto de vista acadêmico, os negros já se assumiam como agentes do discurso antirracista, não mais necessitando de intérpretes ou intermediários (Lopes, 2011, p. 469–470).

N

NAÇÃO. Comunidade de indivíduos, em geral da mesma origem étnica e cultural, relacionados por vínculos linguísticos e de outras espécies. Sendo estes ocupantes de território com limites definidos e dotados de capacidade para organizar, dirigir e administrá-lo, dividem entre si o mesmo respeito e acatamento a instituições específicas, tais como leis e direitos. Substantivo que designa uma população fixada em um território, com a mútua consciência de que existe entre seus membros um conjunto de elementos civilizatórios; e que esses elementos lhes pertencem, como também lhes pertencem o mesmo passado histórico e um destino exclusivo, diferente do destino de outras nações (Lima, 1957, p. 4). → CIVILIZAÇÃO; ESTADO.

NAGÔ. Denominação originária do antigo Daomé, atual República do Benim, para designar cada um dos indivíduos iorubás do vizinho reino de Queto, especificamente os do grupo Ifonyin (Efã, no Brasil). A origem está na língua fon ou fongbé, no termo *anagónù*, habitante do país iorubá, a partir de *anagó*, pessoa consagrada ao culto da divindade *Sakpatá*, conhecida no Brasil como Xapanã ou Omolu. Em sua longa história pré-colonial, os falantes da língua iorubá não constituíam um único povo. Seus diferentes grupos e estados eram unidades autônomas, que, entretanto, mantinham relações entre si, cada uma afirmando sua identidade através de relatos míticos

(Falola, 2020, p. 241), bastante difundidos na diáspora africana, inclusive no Brasil. → JEJE-NAGÔ.

NANISMO. Peculiaridade física resultante de condição genética ou patológica, verificada em indivíduos de estatura muito baixa em relação à média das pessoas de mesma idade e mesmo sexo. Afetando igualmente corpos masculinos e femininos, essa condição não afeta a capacidade intelectual da pessoa, que pode levar vida normal. Muitas vezes, entretanto, a dificuldade de realizar algumas tarefas motiva preconceito e discriminação sobre as pessoas com nanismo, que no Brasil desde 2004 é reconhecido como deficiência física pelo Decreto nº 3.298/1999, garantindo aos portadores de nanismo alguns direitos específicos.

NARCOTRÁFICO. → ORGANIZAÇÕES CRIMINOSAS.

NAZIFASCISMO. Doutrina ou sistema político que conjuga características do nazismo e do fascismo. → DEMOCRACIA; FASCISMO; NAZISMO.

NAZISMO. Ideologia e forma de governo de extremados nacionalismo e racismo, também referida como nacional-socialismo, vigente na Alemanha entre 1933 e 1945, sob a liderança do ditador Adolf Hitler. Seus criadores e seguidores alardeavam a superioridade de uma pretensa raça "ariana". Na Segunda Guerra Mundial (1939–1945), os nazistas alemães tinham como aliadas forças militares do Japão e da Itália.

NECROPOLÍTICA. Uso do poder político e social, sobretudo por parte do Estado, com o objetivo de determinar, por meio de ações ou omissões, quem, em determinada situação, deve permanecer vivo ou morrer, em contextos de desigualdade ou em zonas de exclusão ou violência. O conceito foi criado e exposto pela primeira vez em 2003, em um ensaio do filósofo e historiador camaronês Achille Mbembe, tornando-se mais tarde o título de um de seus livros (Academia Brasileira de Letras). Observe-se que o prefixo *necro* tem origem na língua grega e forma palavras ligadas à ideia de "morte" – no caso, "política mortal". **Morticínio de negros.** No Brasil, as estatísticas são eloquentes no que se refere a assassinatos de pessoas negras, mormente jovens, por forças policiais, em incursões a locais dominados pelo narcotráfico e onde, não pelas mesmas razões, a presença de afrodescendentes é expressiva. Segundo Santos (2022, p. 269), "no Brasil, país em que racismo e pobreza caminham de mãos dadas, o assassinato de jovens negros e pobres se tornou a norma. E a situação ficou mais alarmante em meio à versão da 'guerra antidrogas', cuja estratégia consistiria em prender ou matar traficantes, sem, entretanto, chegar às altas instâncias que organizam e lucram efetivamente com o tráfico". Na mesma toada, lemos em Tamires Sampaio que a necropolítica praticada pelo Estado brasileiro dá margem a que serviços públicos tais como educação e saúde sejam substituídos por criminalização e encarceramento, com graves prejuízos para a sociedade nacional" (Sampaio, 2020, p. 104).

NEGRITUDE. Qualidade ou condição de negro; orgulho étnico-racial e consciência da riqueza cultural do povo negro (Houaiss, 2001). Em francês, o vocábulo *négritude* é um neologismo derivado de *nègre*, termo racista correspondente a *noir*, criado na década de 1930 para significar a circunstância de se pertencer à grande coletividade dos africanos e afrodescendentes; a consciência da pertença a essa coletividade e a atitude de reivindicar-se como tal. Assim, a denominação se estendeu a um movimento literário, artístico e político encabeçado por africanos como o senegalês Léopold Senghor e afrodescendentes como Aimé Césaire. O ideário desse movimento se baseava na afirmação da identidade africana, dentro do entendimento de que os negros do continente africano e os da diáspora deveriam lutar por seus direitos fundamentais como partes da mesma coletividade. A iniciativa, surgida na década de 1930, teve um papel de grande significado cultural e político no processo de descolonização da África, especialmente a partir dos anos 1950 e 1960. Entretanto, foi também bastante criticada por alguns setores da intelectualidade negra, até que na década de 1980 o sociólogo Ellis Cashmore, britânico e não negro, assim se manifestou: "O principal objetivo da Filosofia e movimento da negritude é fortalecer o povo negro não por meios políticos abertos, mas injetando nesses meios um sentido de história e cultura composto de qualidades derivadas da África", ou seja, "um novo orgulho e uma nova dignidade em ser negro e africano" (Cashmore, 2000, p. 390). Em suma, o movimento teve como objetivo principal apagar, de uma vez por todas, o mito da inferioridade intelectual do ser humano negro; para tanto, seus militantes faziam dele uma atitude perante a vida, uma filosofia.

NEGRO. Na língua portuguesa, denominação genérica do indivíduo de pele escura e cabelo encarapinhado, em especial o do tipo nativo majoritário na África subsaariana, tal como seus descendentes nas Américas e em algumas comunidades na Ásia e do Oriente Médio. A denominação também refere o descendente de africano, em qualquer grau de mestiçagem, desde que essa origem possa ser identificada fenotipicamente. No Brasil, o vocábulo, que durante muitos anos foi sinônimo de "escravo", passou, com o tempo, a ser um termo étnico e político, usado como autodenominação até pelos afrodescendentes de pele clara. Sua introdução no discurso da militância, em substituição à expressão "de cor", é creditada ao ativista Vicente Ferreira. Nos Estados Unidos, a conotação negativa ainda acompanha o qualificativo *negro* e sua variante *nigger*, altamente ofensiva. Assim, lá os afrodescendentes reivindicam para si o tratamento de *african americans* (afro-americanos), a exemplo de outros grupos, como os judeo-americanos, ítalo-americanos, hispano-americanos etc., cujas origens étnicas foram agregadas às respectivas definições de nacionalidade. **Negro ou preto?** Segundo Gabriel Entiope (1996, p. 65), na língua francesa o substantivo *nègre* só apareceu depois de 1516, tomado por empréstimo do português, sendo raramente usado até o século XVIII, quando se vulgarizou como sinônimo de *esclave* (escravo). Em francês, a palavra que referia indistintamente a cor, de qualquer coisa ou da pele humana, era *noir*; assim, o indivíduo de pele escura era qualificado assim também: *un noir* (um preto). A escravidão, entretanto, "negrificou" o preto, fazendo com que ele perdesse sua legitimidade como ser humano para ser apenas um bem, uma coisa, à mercê de seu proprietário. O chamado "Século das Luzes", contraditoriamente, foi a época da potencialização da escravidão comercial, consubstanciada na *traite des nègres*, ou seja, do tráfico negreiro. Até mesmo o filósofo iluminista Denis Diderot fixou essa imagem dos negros africanos: "Não somente a cor os distingue, pois eles diferem de outros homens pelos traços de seu rosto, os narizes largos e chatos, os lábios grossos e a lã no lugar dos cabelos, parecendo constituir uma nova espécie de humanos." Da mesma forma, nos Estados Unidos, a língua inglesa – com os termos *black*, correspondente ao francês *noir*, e *negro*, correlato a *nègre* em francês – andou pelo mesmo caminho. O *Cambridge Dictionary of American English for Speakers of Portuguese* (2013) estabelece que o vocábulo *negro* é hoje considerado ofensivo para muitas pessoas e que *black* (além de *african american*) é a forma mais respeitosa. Na mesma obra, a entrada *black* (*dark skin*) é específica para designar a pessoa de pele escura. Mas a palavra é mais comumente usada quando adjetiva referenciais históricos, como *black heritage* (herança negra) etc. Segundo José Gobello (1978), no espanhol rioplatense, o vocábulo *negro* pode ser usado coloquialmente para designar o habitante do interior ou o trabalhador braçal. Dependendo do contexto e da classe social pode ser usado como expressão de afeto ou de condescendência. No feminino, *negra* pode adquirir conotações pejorativas ligadas à condição social. Na atualidade brasileira (década de 2020), na contramão do significado de "negro", criado para abranger o conjunto de pretos e pardos que formam o povo afrodescendente ou afro-brasileiro, começa a se expandir o uso indiscriminado do termo "preto", substantivo e adjetivo, e sua variante "preta". → AFRO-BRASILEIRO.

NEGRO CARICATURAL. Personagem surgido em antigas representações teatrais e mantido em programações radiofônicas brasileiras, sobretudo após o advento da radiofonia comercial, com veiculação de anúncios publicitários, na década de 1920 (Pereira, 1967, p. 181–182). Sua presença chegou à televisão, na década de 1950, com ênfase em quadros cômicos musicais, persistentes à época deste *Dicionário*. → ESTEREÓTIPO.

NEOLIBERALISMO. Em política, a palavra "liberalismo" designa o ponto de vista ou doutrina que visa limitar os poderes do Estado em relação às liberdades individuais, tanto na esfera política quanto na econômica, bem como aumentar a independência dos poderes Legislativo e Judiciário em relação ao Poder Executivo. Suas origens remontam à Carta Magna, documento constitucional imposto pelos barões ingleses ao rei da Inglaterra em 1215, relativizando o poder de Sua Majestade. Com o tempo, a palavra passou a designar o ponto de vista daquele cujo principal objetivo é adquirir ou preservar algum grau de liberdade ante o controle exercido por um Estado ou por outras entidades consideradas contrárias à liberdade humana. Dela veio *neoliberalismo*, vocábulo que, na atualidade, tem viés claramente econômico, designando o pensamento e a ação daqueles que defendem a absoluta liberdade de mercado e rechaçam a intervenção estatal na economia, a qual só seria necessária em setores imprescindíveis e, assim mesmo, em um grau mínimo (Houaiss, 2001). À época da elaboração deste texto, o neoliberalismo era apontado como a grande causa da desigualdade social reinante no Brasil. → DESIGUALDADE; ESTADO; MERCADO.

NORDESTINOS. No Brasil, adjetivo que identifica os indivíduos originários de um dos estados da região Nordeste do país (Maranhão, Piauí, Ceará, Rio Grande do Norte, Paraíba, Pernambuco, Alagoas, Sergipe e Bahia), historicamente flagelados por eventos naturais como secas e forçados a emigrar em busca de oportunidades, mormente em direção às regiões Sudeste e Sul, mais bem aquinhoadas. Outrora estigmatizados por migrações multitudinárias, essas pessoas eram submetidas a tratamento altamente discriminatório, popularizado em alcunhas generalizantes como "paraíba", "pernambuco", "baiano" etc. Até os dias atuais a presença de indivíduos dessa procedência na geografia da carência – como nas comunidades faveladas de grandes cidades do Sudeste, por exemplo – é expressiva. O prolongamento histórico da seca também deu origem à chamada "indústria da seca", sistema de exploração política e econômica da miséria no sertão, que agravou o êxodo e a desigualdade.

O

OCIDENTE. Denominação do conjunto de povos e civilizações originários do oeste europeu e da Europa Mediterrânea. No século XX, especialmente após 1949, com a criação da Otan, o termo passou a designar o conjunto de países alinhados politicamente com os Estados Unidos, em oposição ao bloco soviético. Daí derivam as expressões "civilização ocidental" e "mundo ocidental", usadas com conotação de superioridade e desenvolvimento. A propósito, segundo o sociólogo Muniz Sodré, o conceito de Ocidente, muito usado pelas elites dos povos colonizados, seria uma "metáfora geográfica destinada a consolidar a pretensão de domínio imperial, cultural e civilizatório da Europa sobre o resto do mundo" (Sodré, 2017, p. 9). → SUBDESENVOLVIMENTO; SUPREMACISMO.

ÓDIO, DISCURSO DE. → DISCURSO DE ÓDIO.

ORGANIZAÇÕES CRIMINOSAS. No Brasil contemporâneo, grupos estruturados de quatro ou mais pessoas que atuam de modo organizado com o propósito de cometer infrações graves com a intenção de obter, direta ou indiretamente, benefícios econômicos e materiais. Disseminadas por todo ou quase todo o território brasileiro, tais organizações se dividem principalmente em dois grupos assim autodenominados: comandos e milícias. **Comandos**. Organizadas a partir do Rio de Janeiro, desde fins da década de 1970, essas facções se dedicam acima de tudo ao narcotráfico, comércio ilegal de substâncias narcóticas e estupefacientes, primeiro em comunidades faveladas da capital fluminense e adjacências, com ações mais tarde expandidas em âmbito nacional e até internacional. De início, os líderes das chamadas "bocas de fumo", as sedes do comércio, eram em geral antigos moradores das comunidades que mantinham boas relações de vizinhança, o que lhes garantia privilégios não explícitos, retribuídos com favores e alguma proteção. Com o crescimento das redes e o surgimento de concorrentes, inclusive entre agentes da lei e da segurança pública, todo esse quadro relativamente pacífico foi dando lugar à violência generalizada, que se tornou um dos maiores problemas da vida brasileira. **Milícias**. Organizações criminosas surgidas no fim da década de 1980 no Rio de Janeiro, com a finalidade declarada de oferecer proteção a moradores de certas localidades, mediante pagamento mensal. Chefiadas muitas vezes por ex-militares e policiais, essas organizações ganharam força estendendo o âmbito de seus negócios da cobrança de propina sobre o transporte alternativo ao controle de pontos de mototáxis, passando pela exploração ilegal de TV por assinatura e de canais de acesso à internet, além da cobrança de ágio sobre o comércio de botijões de gás. Daí, passaram a participar, veladamente, do processo eleitoral no Rio de Janeiro, ganhando força política. A denominação é usada no singular. Ex.: a milícia de Rio das Pedras. Na década de 2020, registrava-se o surgimento de organizações criminosas praticantes de diversos outros tipos de delito, como roubos e furtos de automóveis novos e caros, seguidos de desmanche, para venda das peças mais valorizadas. Entre as organizações criminosas atuantes no Brasil à época deste *Dicionário*, contam-se também as dedicadas à mineração clandestina. → MILÍCIAS; MINERAÇÃO CLANDESTINA; NARCOTRÁFICO.

ORIXÁ. Denominação de cada uma das divindades africanas cultuadas no candomblé e em outras religiões afro-brasileiras. São compreendidos como entes imateriais associados a fenômenos e elementos naturais, como raios, trovões, águas, rochas, florestas etc.; ou remotos ancestrais, divinizados por seus respectivos clãs. Os rituais a eles dedicados têm por objetivo o bem-estar físico e mental dos fiéis e eventuais frequentadores dos cultos; e suas celebrações consistem principalmente em festividades, com calendário preestabelecido, nas quais os orixás são incorporados por pessoas especialmente preparadas para tal, em ritos de iniciação. Em boa parte dos rituais as divindades são honradas com a oferenda de sangue de animais sacrificados, prática que, assim como ocorre em religiões como o judaísmo e o islamismo, possui sentido litúrgico próprio e está inserida em um sistema simbólico de devoção.
→ CANDOMBLÉ; LIBERDADE DE CRENÇA.

P

PALMARES. → QUILOMBO.

PANDEMIA. → EPIDEMIA.

PARALIMPÍADAS. Denominação popular dos Jogos Paralímpicos, evento multiesportivo internacional em que atletas com deficiências físicas e intelectuais competem por medalhas de ouro, prata e bronze. A primeira edição do evento foi em Roma (Itália), em 1960, e desde seu início as paralimpíadas reproduzem o escopo das Olimpíadas originais. De acordo com o Comitê Paralímpico Internacional, os quatro valores fundamentais da competição são coragem, determinação, inspiração e igualdade. O elemento "para" que compõe a designação dá a ela o mesmo sentido da expressão "além de" como em "paraestatal" etc., pois é mais que uma olimpíada.

PARDO. Definição oficial usada no Brasil para designar o indivíduo que classifica a si mesmo como advindo de mistura de duas ou mais cores ou raças, entre branca, preta e indígena. Essa categoria existe no censo do IBGE desde 1950, mas ainda hoje é fonte de controvérsias, em grande parte pelo preconceito que a miscigenação historicamente carrega. → NEGRO.

PARENTALIDADE. Vocábulo de uso recente no Brasil, advindo do adjetivo *parental*, do inglês falado nos Estados Unidos, onde é traduzido como "de; pertencente a; ou característico de um familiar" (*The American Heritage Dictionary*, 1991). Entretanto, reveste-se de significado mais amplo que o brasileiro "parentesco", o qual se baseia apenas no vínculo existente entre pessoas da mesma família. A palavra parentalidade tem seu uso restrito àqueles adultos responsáveis de fato por um indivíduo (não podendo ser confundida com rede de apoio), mas, além de incluir os pais biológicos, compreende também as novas possibilidades de família, como as constituídas por adoção, por casamentos homoafetivos etc., e abarca ainda os casos em que a parentalidade é exercida por tios, avós ou outros familiares. → MÃE SOLO.

PÁRIA. → CASTAS, Sistema de.

PARLAMENTO. Nos países regidos por uma Constituição, conjunto das assembleias ou câmaras legislativas. No Brasil, designação do conjunto formado pelo Senado e pela Câmara dos Deputados. → CONGRESSO NACIONAL.

PASTORAL DA CRIANÇA. Organismo de ação social da Igreja Católica brasileira, que desde 1983 desenvolve atividades visando orientar e acompanhar as famílias em ações básicas de saúde, educação, nutrição e cidadania. Nascida no âmbito da Conferência Nacional dos Bispos do Brasil (CNBB) e vinculada à Comissão Episcopal para o Serviço da Caridade, da Justiça e da Paz, atende a todos os necessitados sem nenhum tipo de distinção, inclusive religiosa. Tem seu nome ligado a importantes defensores dos Direitos Humanos, como os cardeais Dom Paulo Evaristo Arns (1921–2016), Dom Geraldo Majella Agnelo (1933–2023) e a médica sanitarista Zilda Arns (1934–2010).

PÁTRIA. País ao qual se pertence como cidadão e ao qual se deve a cidadania. → APÁTRIDA; CIDADANIA.

PATRIARCADO. Forma de organização social em que a autoridade masculina (em geral, a figura paterna) detém o poder absoluto sobre o grupo que chefia, como mulheres, filhos e outros dependentes. Trata-se de uma estrutura de dominação de gênero que atravessa instituições familiares, políticas, religiosas e econômicas, sendo historicamente predominante em boa parte das sociedades ocidentais. O termo "matriarcado", muitas vezes apresentado como oposto ao patriarcado, é questionado por estudiosos, pois não há evidência de sociedades equivalentes ao patriarcado fundadas sob dominação institucional das mulheres. O que se observa em algumas culturas, inclusive indígenas, são formas de organização matrilineares, com transmissão da herança ou do nome pela linha materna, ou matrilocais, em que o casal vive junto à família da mulher.

PATRIMONIALISMO. Assim como "patrimônio", que designa o conjunto de bens com valor econômico herdado dos pais ou antepassados, "patrimonialismo" é o sistema de organização em que o líder político não faz distinção entre o patrimônio público e o privado; e em que a relação de autoridade é determinada pela dependência econômica. Segundo a teoria sociológica de Max Weber, o poder político patrimonial une dominantes a dominados em um só corpo, num consenso que se apoia na convicção de que o poder senhorial tradicionalmente exercido constitui direito legítimo do senhor. Assim, a dominação se apropria dos cargos administrativos e os monopoliza, sem estabelecer qualquer distinção entre o que seja público ou privado e, dessa forma, beneficia apenas seus interesses pessoais (Silva, 1986, v. 2, p. 874). Crítico contundente dessa forma de liberalismo, o sociólogo Jessé Souza aponta o patrimonialismo como um dos problemas cruciais do Estado brasileiro desde a República Velha (Souza, 2021, p. 58–60).

PAUPERIZAÇÃO. Processo ou efeito de empobrecimento ou deterioração da qualidade de vida de pessoa, família, grupo humano, localidade, ambiente etc. No Brasil do período pós-abolição, a pauperização da população negra quando sua mão de obra foi sendo descartada em favor da força de trabalho de imigrantes europeus e levantinos gerou um grave quadro de pauperização de ex-escravizados e suas famílias. Além disso, a concentração majoritária de negros estava em regiões economicamente devastadas ou em processo de devastação como Centro-Oeste, Norte e Nordeste.

PEQUENA ÁFRICA. Expressão usada modernamente para designar a base territorial da comunidade baiana da antiga capital da República, estabelecida, na segunda metade do século XIX, na região que se estendia dos arredores da antiga praça Onze de Junho – hoje chamada apenas de praça Onze – até as proximidades da atual praça Mauá. Compreendendo os bairros de Santo Cristo, Saúde e Gamboa, constituiu-se em importante polo concentrador de múltiplas expressões da cultura afro-brasileira, da música à religião. Lá se estabeleceram os primeiros candomblés cariocas, como o fundado em 1886 pela ialorixá baiana Mãe Aninha e o do babalaô Benzinho, na rua Marquês de Sapucaí, próximo às casas de Cipriano Abedé, na rua João Caetano, e de João Alabá, na rua Barão de São Félix. A expressão "Pequena África" foi criada pelo escritor Roberto Moura para intitular a biografia *Tia Ciata e a Pequena África no Rio de Janeiro*, lançada pela Fundação Nacional de Arte (Funarte) em 1983.

PERIFERIA. Em uma cidade, área ou região afastada do centro urbano, especialmente aquela que abriga população de baixa renda.

No Brasil, de modo geral, as periferias contemplam a subcidadania, expressa na vida do proletário, carente dos serviços públicos essenciais e da representatividade desfrutada pelos abastados. Segundo Eugênio Lima e Julio Ludemir, no Brasil as periferias constituem, antes de mais nada, espaços negros (Salles; Ludemir, *in* Lima e Ludemir, 2018, p. 9). → PROLETARIADO.

PERTENCIMENTO. Estado emocional experimentado por uma pessoa ao se sentir parte integrante de uma comunidade, família, nação ou de qualquer grupo humano com o qual mantenha algum tipo de afinidade.

PIVETE. Antiga gíria usada para designar menino que vive na rua cometendo furtos, para si próprio ou a serviço de ladrões adultos ou que os auxilia no ato do roubo; menino ladrão (Nascentes, 1988). Sobre a questão, o antropólogo Darcy Ribeiro escreveu: "O grande equívoco da educação está nisso: uma escola desonesta, que acusa a criança pobre de fracasso por não conseguir ser promovida de ano; quando, na verdade, a culpa é da própria escola que não está adaptada ao seu alunado." E disse mais Ribeiro: "O caso extremo é o da criança que já caiu na delinquência ou já na rua, abandonada ou abandonando a família" (Ribeiro *in* Leite, 1991, p. 15).

POBREZA ABSOLUTA. Condição humana caracterizada por grave privação de necessidades básicas como moradia, alimento, água potável, instalações sanitárias, bem como acesso a educação, informação etc. Em 2022, de acordo com o IBGE, 49 milhões de brasileiros (24,3%) não tinham acesso a coleta de esgoto. No mesmo ano, quase 10 milhões de brasileiros não tinham acesso a água encanada. → LINHA DA POBREZA.

PODERES DA REPÚBLICA. A República Federativa do Brasil é formada pela União de seus estados e municípios, assim constituindo um Estado Democrático de Direito. Nessa organização, os poderes são assim distribuídos: a) o Poder Legislativo é exercido pelo Congresso Nacional, composto pela Câmara dos Deputados e pelo Senado Federal; b) o Poder Executivo é exercido pelo presidente da República, assessorado pelos ministros de Estado; c) o Poder Judiciário é exercido pelo Supremo Tribunal Federal (STF); Superior Tribunal de Justiça (STJ); pelos Tribunais Regionais Federais e juízes respectivos; Tribunais e juízes do trabalho; Tribunais e juízes eleitorais; Tribunais e juízes militares; e pelos Tribunais e juízes dos estados da Federação, do Distrito Federal e dos territórios. As atribuições de cada Poder estão descritas nos sete capítulos do título IV da Constituição Federal de 1988.

POLÍTICA. Arte ou ciência de organizar, dirigir ou administrar nações ou Estados, incluindo processos de tomada de decisão e estratégias adotadas para governar sociedades. **Políticas públicas** são aquelas iniciativas empreendidas com o fim de atender a uma necessidade pública, ou seja, em benefício de um conjunto de pessoas.

POP. Adjetivo nascido no ambiente publicitário da sociedade de consumo para qualificar produtos como "modernos", "inovadores", "atuais", "jovens". A origem está na abreviação de ***popular***, no inglês, com o sentido de algo amplamente apreciado por um grande número de pessoas, especialmente em contextos culturais e comerciais. Exemplos de uso: *pop art*, música *pop*. → CONSUMO DE MASSA; SOCIEDADE DE CONSUMO.

POPULAÇÃO CARCERÁRIA. Totalidade das pessoas recolhidas a estabelecimentos prisionais, em locais e épocas determinadas. No Brasil, em 2022, de acordo com dados do Anuário Brasileiro de Segurança Pública 2023, o total de presidiários em estabelecimentos penais no país ultrapassava 830 mil pessoas. Embora o debate sobre desencarceramento e as condições precárias dos presídios seja constante, autoras como Angela Davis propõem uma crítica mais profunda: "As prisões não desaparecerão até que deixemos de tomar a punição como uma solução para todos os problemas sociais" (*Are Prisons Obsolete?*, 2003).

POPULAÇÃO DE RUA. → RUA, População de.

POPULISMO. Política governamental baseada no apoio das camadas menos favorecidas, fundamentando-se ideologicamente na defesa dos interesses dessas classes. → DEMAGOGIA.

POSITIVISMO. Sistema criado pelo francês Auguste Comte, em meados do século XIX, e desenvolvido por seguidores. Parte da crença de que o conhecimento se limita ao que pode ser verificado pela observação e compreendido pelo emprego de princípios científicos. O positivismo inspirou as ações que levaram à proclamação da República no Brasil – expressa na divisa "Ordem e Progresso", que consta na bandeira nacional – e constituiu a linha dominante do pensamento militar no país até a atualidade.

POSSE. Domínio de fato, mas não de direito, que uma pessoa tem sobre algo que está sob sua guarda, mas que não é efetivamente propriedade sua. Exemplo comum dessa situação é, por exemplo, o que ocorre em boa parte das residências erguidas em comunidades de favelas, em terrenos de propriedade desconhecida ou discutida. Nesses casos o morador só passa da condição de posseiro para a de proprietário depois de receber a escritura emitida pela autoridade competente.

POVO. Conjunto de habitantes de um país ou de uma localidade. No âmbito desta obra, especificamente os que integram as classes menos favorecidas.

POVOS ORIGINÁRIOS. Expressão que no Brasil contemporâneo designa as populações indígenas. É relacionada a "aborígene", vocábulo que define qualquer habitante autóctone (nativo) de um país. → INDÍGENAS; POVO.

PPDDH. Sigla do Programa de Proteção aos Defensores de Direitos Humanos, Comunicadores e Ambientalistas, criado no âmbito do então Ministério da Mulher, da Família e dos Direitos Humanos, instituído pelo Decreto nº 9.937 de 24 de julho de 2019, alterado em 2021 e regulamentado pela Portaria nº 507 de 21/2/2022. Tem por objetivo oferecer proteção aos defensores dos Direitos Humanos em situação de risco por sua atuação contra a violação desses direitos.

PRECONCEITO RACIAL. Atitude desfavorável para com um indivíduo ou um grupo, baseada em suposições ou estereótipos de cunho étnico-racial. → ESTEREÓTIPO; RACISMO.

PREVIDÊNCIA SOCIAL. No Brasil, nome que identifica o sistema público de seguro social no qual o trabalhador (seja ele autônomo, empresário, trabalhador doméstico, sob o regime CLT ou avulso) participa através de contribuições mensais obrigatórias descontadas de sua remuneração (a contribuição é facultativa para pessoas com mais de 16 anos que não têm renda nem exercem atividade remunerada, como estudantes ou desempregados). Seu objetivo é garantir ao segurado uma remuneração quando se aposentar ou na circunstância de não poder mais trabalhar. A previdência social válida para todos os trabalhadores integrou o conjunto de leis trabalhistas promulgadas pelo presidente Getúlio Vargas (a primeira forma de sistema previdenciário foi criada em 1923, exclusivamente para os ferroviários). Suas atribuições são exercidas pelo Instituto Nacional de Seguridade Social (INSS), ex-Instituto Nacional de Previdência Social (INPS).

PRIVILÉGIO. Direito ou vantagem concedida apenas a um indivíduo ou um grupo de pessoas, com exclusão da maioria. Em alguns casos de pobreza mencionados neste livro, itens básicos, absolutamente necessários à vida de seres humanos, tais como água potável, instalações sanitárias etc., acabam sendo vistos como "privilégios". Também se fala em privilégios sociais estruturais, como os associados à branquitude, à heterossexualidade e à identidade de gênero cis. → POBREZA ABSOLUTA.

PROLETARIADO. Classe social dos trabalhadores pobres, geralmente empregados em trabalhos braçais na indústria ou na agricultura, tendo como remuneração exclusiva seus baixos salários e vivendo em moradias deficientes, notadamente em localidades de periferia. → PERIFERIA; PRIVILÉGIO.

PROSTITUIÇÃO. Modalidade de trabalho em que uma pessoa troca o prazer sexual de outrem por dinheiro. A prática é imemorial, sendo referida também como "meretrício" e "fornicação" em boa parte dos livros bíblicos, de Gênesis a Atos dos Apóstolos (Boyer, 1981, p. 515). Da mesma forma, a história dessa prática tem registros em diversas sociedades, até mesmo como "prostituição sagrada" ou "sexo ritualístico" em que, segundo antigas fontes, as relações sexuais eram buscadas como bênçãos e garantia de prosperidade (Rachewiltz, 1967, p. 273). Dentro dos objetivos da presente obra, vale dizer que em muitos casos a prostituição é motivada por razões de natureza socioeconômica, e também como utilização furtiva de um meio não socialmente aceito para alcançar aceitação social. Além dessas causas, muitas outras podem levar uma pessoa a variados ambientes e formas de prostituição.

PROTAGONISMO. Condição ou situação de protagonista, isto é, da pessoa, grupo ou coletividade que se destaca em qualquer evento competitivo. O termo tem provável origem na língua grega, da junção dos termos *protos*, primeiro, principal, e *agonistes*, lutador, competidor (Cunha, 1982), e foi popularizado através do teatro, âmbito no qual adjetiva o ator ou atriz principal de uma encenação. Na atualidade brasileira, uma das bandeiras do ativismo antirracista é o "protagonismo negro", ou seja, o reconhecimento da importância do segmento majoritário da população brasileira a partir de seus valores, sua história e seu significado no conjunto da sociedade nacional. A Constituição de 1988 não usa o termo, mas ampara esse princípio ao prever a promoção da igualdade racial e o combate ao racismo.

PROTESTANTISMO. Conjunto de doutrinas religiosas e igrejas cristãs não católicas reunido na década de 1520, entre Roma e a cidade de Wittenberg, na Alemanha, com a reforma do monge e teólogo Martinho Lutero. Concentra princípios teóricos diversos, como os do luteranismo (alemão e escandinavo); do calvinismo, florescido em territórios como os da Suíça, Países Baixos, Estados Unidos e França; e do zwinglianismo, doutrina criada pelo padre suíço Ulrich Zwingli. Ao longo dos anos, o protestantismo foi dando nascimento a outras concepções doutrinárias, como igrejas denominadas congregacionais, batistas, metodistas, o Exército de Salvação, pentecostalismo, neopentecostalismo etc. (*Grande enciclopédia Larousse cultural*, 1998).

Q

QUILOMBO. No Brasil colonial e imperial, denominação de cada uma das comunidades formadas por grupos de escravizados resistentes ao cativeiro. A mais célebre de todas foi Palmares, criada por insurgentes de mais de um engenho pernambucano que se refugiaram entre o cabo de Santo Agostinho e o rio São Francisco, lá formando uma espécie de confederação que resistiu às tropas coloniais até o início do século XVIII. Segundo o historiador Joel Rufino dos Santos (1941–2015), Palmares provavelmente foi, no Brasil, a origem de um sistema de resistência, uma solução que os afro-brasileiros buscaram para recuperar sua dignidade, reconstruindo sua cultura, religião e identidade. E, pela ótica dos "donos da terra", foi o primeiro grande problema a ser enfrentado, uma questão de segurança nacional, que mais tarde ressurgiu na forma de cortiços e, posteriormente, de favelas (Leite, 1991, p. 44). → CORTIÇO; MISSA DOS QUILOMBOS; QUILOMBOLAS.

QUILOMBO CONTEMPORÂNEO. Expressão usada para definir a comunidade negra rural constituída por descendentes de escravizados que têm entre si laços de parentesco e que se mantêm, em sua maioria, do produto de culturas de subsistência, em terra recebida em doação ou adquirida por compra, em tempos passados, no contexto de sua formação histórica (Moura, 1999, p. 100).

QUILOMBOLAS. No Brasil contemporâneo, indivíduos integrantes de comunidades remanescentes de quilombos, ou seja, de núcleos populacionais detentores de direitos culturais históricos assegurados, assunto de que trata o artigo 68 do Ato das Disposições Constitucionais Transitórias da Carta de 1988. O trabalho de sistematização nacional das comunidades remanescentes de quilombos foi uma das atribuições iniciais da Fundação Cultural Palmares, criada pela Lei nº 7.668 de 22 de agosto de 1988. Graças à realização desse trabalho, no ano de 2022, o governo federal já tinha identificado 494 comunidades, em quase todas as unidades da Federação, à exceção de Acre e Roraima, cuja população era estimada em 1,32 milhão de habitantes (Gomes, 2023). Entretanto, o reconhecimento dos direitos dos quilombolas ainda é objeto de discussão, potencializada em 2003, quando o Supremo Tribunal Federal reconheceu, por maioria de votos, a validade do Decreto nº 4.887, de 2003, que, revogando disposição anterior, regulamenta o procedimento para identificação, reconhecimento, delimitação, demarcação e titulação das terras ocupadas por remanescentes das comunidades quilombolas, em conformidade com as leis em vigor. Em maio de 2016 era realizada audiência pública, com a participação de diversos segmentos da sociedade organizada, para um debate sobre o assunto, com porta-vozes dos diversos interesses em jogo, tendo como pauta comum o tema da propriedade sobre terras ocupadas por descendentes de escravizados, mencionados pelo desembargador André Fontes, presidente da 2ª Turma do Tribunal Regional Federal da 2ª Região, como "legatários das mulheres e dos homens que estabeleceram há séculos bastiões de resistência contra a escravização". Em fevereiro de 2017 foi julgada a ação direta de inconstitucionalidade nº 3.239, quando o Supremo Tribunal Federal declarou a constitucionalidade do Decreto nº 4.887/2003 (Fontes *et al.*, 2019, p. 3–5).

R

RAÇA. Designação usada outrora para definir, sem maiores aprofundamentos, qualquer conjunto de ascendentes e descendentes de um mesmo povo ou família (Nascentes, 1988). Essa definição comportava a ideia da existência, entre os seres humanos, de grupos com tipos biológicos diferentes, em distinção baseada na cor da pele e em outras características físicas. Entretanto, ao longo do tempo, o conceito de "raça" foi sendo questionado, até incorporar noções como as de etnicidade, cultura etc. Segundo Adilson José Moreira *et al.*, na conceituação de "raça" a cor da pele continua sendo, em muitos espaços, um critério (implícito ou explícito) para excluir e segregar pessoas (2022, p. 13). Daí preferirmos substituir o termo, quando referente a seres humanos, pelo substantivo "etnia" → ETNIA; TEORIA CRÍTICA RACIAL.

RAÇA NEGRA. Antiga e inadequada forma de referência ao conjunto dos povos de pele escura originários do continente africano. Através dos tempos, a expressão muitas vezes foi usada com finalidade depreciativa, humilhante e derrogatória. Isso é claramente comprovado neste trecho do livro *Reino negro de Palmares*, de autoria de Mário Martins de Freitas, publicado pela Biblioteca do Exército em 1988, ano do centenário da abolição da escravatura no Brasil: "A raça negra como símbolo de tristeza da noite escura de seu próprio destino caracteriza o continente no esplendor de sua brutalidade. A sentença divina que pesa sobre seu destino nada mais é que a resultante do meio bárbaro onde o homem não se adaptou e não lutou, e por isso não venceu: involuiu." → BELEZA NEGRA [Nariz negroide]; RAÇA; RACISMO; SUPREMACISMO.

RACIALIZAÇÃO. Forma de diferenciação dos indivíduos humanos com o objetivo de estabelecer as relações de poder na estrutura social tendo por base a raça. Segundo a antropóloga Stefania Capone, nos Estados Unidos, por exemplo, muitos imigrantes caribenhos, independentemente da cor de sua pele, tiveram, durante muito tempo, suas figuras associadas a estereótipos (de preguiçosos, violentos, ignorantes, sujos), e assim eram vistos como integrantes de uma nova "raça", o que demonstra que esse tipo de classificação tem caráter mais social do que biológico. Outra forma de racialização, agora de base linguística, é aquela que costuma ver os indivíduos oriundos da América Latina como um suposto grupo étnico-racial, apenas por serem falantes do espanhol e do português, línguas neolatinas.

RACIALIZAÇÃO DIFERENCIAL. Ação ou conjunto de ações em que os grupos dominantes racializam ou desracializam diferentes comunidades subordinadas, em atenção a interesses mutáveis, como os do mercado de trabalho. Exemplo clássico é encontrado no tipo de racialização que no século XIX a América protestante colocou em prática contra os irlandeses católicos que migravam em massa para os Estados Unidos. Na época estes eram discriminados tanto como os negros, asiáticos e nativo-americanos, num quadro em que o elemento caucasiano representava o ideal físico e psíquico do ser humano (Moreira *et al.*, 2022, p. 70). → CAUCASIANO; RACIALIZAÇÃO.

RACISMO. Vocábulo que define qualquer prática ou programa de discriminação, segregação, perseguição ou maus-tratos, praticados contra um grupo ou um indivíduo, em função de seu pertencimento a um determinado grupo étnico-racial (Delgado; Stefancic, 2021). A base do racismo é a presunção de superioridade do agente ou agentes contra a vítima e/ou seu grupo. Do ponto de vista histórico, sabe-se que até o século XVI o mundo reconhecia grupos humanos caracterizados por aparências e costumes distintos, mas não distinguidos ou classificados pela cor da pele. Isso só passou a existir com a criação da História Natural (Sodré, 2023, p. 234), conjunto variado de disciplinas reunidas em um corpo de ensinamentos, inclusive de Biologia, matéria que, nos currículos escolares brasileiros, manteve o nome de História Natural até pelo menos a década de 1950. Durante a Idade Média até o século XVI, os europeus consideravam "inferiores" todos os grupos humanos não cristãos, tais como árabes; africanos (inclusive egípcios, os pioneiros da aritmética, da geometria, da escrita etc.); chineses (inventores da bússola, da pólvora, do papel, da impressão etc.). Em contrapartida, reconheciam como importantes antigos povos bárbaros por terem se convertido à fé cristã, da mesma forma que africanos do Império de Axum, região hoje majoritariamente negra, mas convertidos já nos primeiros anos do cristianismo. Porém, a partir dos anos 1400, o racismo dos europeus passou a se basear na coloração da pele (Rufino, 1984, p. 21). → CRISTIANISMO; ILUMINISMO.

RACISMO ALGORÍTMICO. Conceito surgido no âmbito da chamada "inteligência artificial" para qualificar práticas como, por exemplo, o reconhecimento facial (para a identificação de pessoas suspeitas ou acusadas de delitos); o *chatboat* (em que programas de computador simulam vozes humanas); e o uso de filtros que alteram a imagem real de qualquer pessoa, modificando a cor da pele, a tessitura do cabelo etc. A qualificação "algorítmico" provém de "algoritmo", processo de cálculo matemático em que os dados são sucessivamente colocados obedecendo a uma ordem específica, a critério da pessoa que os manipula. Esse conceito é altamente relevante, pois, nas utilizações acima exemplificadas, podem restar dúvidas se o resultado obtido reflete a realidade ou é produto da manipulação humana.

RACISMO AMBIENTAL. Expressão difundida a partir de um relatório da Comissão de Justiça Social dos Estados Unidos em 1987 (Cashmore, 2000, p. 463). Algumas fontes mencionam como criador do termo o norte-americano Benjamin Chavis, ativista do movimento pelos direitos civis em seu país. O conceito traduz o grave problema da localização, nas cidades, de grande parte dos depósitos de restos e detritos tóxicos, também de incineradores, em locais que concentram minorias étnicas, como negros e latinos. No Brasil, esses "lixões" também são vistos, por olhares conscientes, como causadores de um tipo de injustiça ambiental e repetidores de práticas coloniais extrativistas altamente predatórias, agora ainda mais perigosas pelo alto teor destrutivo dos restos que caracterizam a era da dissipação e do consumo desenfreado.

RACISMO CIENTÍFICO. Afirmação pseudocientífica da existência de características biológicas que comprovariam a inferioridade de determinados grupos étnico-raciais em relação a outros, principalmente os originários do continente africano e seus descendentes na diáspora. Nascido no ambiente do chamado iluminismo, na Europa do século XVIII, é também referido como "racismo biológico". → RAÇA.

RACISMO CORDIAL. Expressão que designa a manifestação racista em que o ofendido, mesmo consciente da ofensa, põe a culpa no sistema que a gerou, do qual ele mesmo faz parte (Soares, 2020, p. 83). Nesse caso o ofensor não se sente culpado nem responsável, mas apenas uma outra parte do referido sistema. Na formulação da questão, Soares dá como exemplo a atitude de uma dona de casa branca que "doa" escovas dentais usadas por seus filhos para serem "reaproveitadas" pelos filhos de sua empregada negra.

RACISMO ESTRUTURAL. Forma de racismo que decorre da estrutura da sociedade, a qual normaliza e concebe como verdade padrões e regras baseados em princípios discriminatórios da raça. Relacionado à economia, é fruto de um processo social histórico e político que desenvolve mecanismos para que pessoas ou grupos sejam discriminados de forma sistemática (Sampaio, 2020, p. 60). O racismo estrutural é que leva boa parte das pessoas a achar natural que na sociedade brasileira os negros, que constituem 55,5% da população (de acordo com o Censo 2022), raramente ocupem posições de prestígio e representatividade, e sejam quase sempre maioria nos lugares e situações desabonadores, depreciativos, desprezíveis. **Construção histórica**. A afirmação de que o racismo fundamentou e estruturou a formação da sociedade brasileira é amplamente comprovada pelas seguintes ocorrências históricas: durante o século XVIII, houve tentativas oficiais de estímulo à miscigenação entre brancos e caboclas, mas também restrições específicas à união com pretos e mulatos, mesmo quando livres. Nessa época, negros, mulatos e indígenas eram proibidos de portar armas de fogo, mesmo nas perigosas expedições que adentravam as selvas, nas entradas e bandeiras, da mesma forma que eram, também, proibidos de exercer ofícios ligados à mineração, como o de ourives. Não podiam ainda ser ordenados padres nem galgar posições, mesmo de menor importância, na estrutura da Igreja Católica. No caso das mulheres, os conventos, de modo geral, recusavam-se a admitir, como noviças, moças que não fossem brancas. Nos regulamentos assinados pelo futuro Dom João VI quando este ainda era príncipe regente, os soldados a seu serviço só poderiam ser "aqueles cujos avós não fossem pretos e cujos pais tivessem nascido livres" (Degler, 1972). Acrescentemos a essas raízes do racismo estrutural brasileiro a instituição do "defeito de cor" vigente no Brasil durante a época imperial. Tratava-se de uma espécie de atestado com o qual todo cidadão candidato a um cargo público, mesmo sabidamente livre, deveria comprovar não ser portador do alegado "defeito", que era ser descendente de pessoas em algum tempo escravizadas. → REPRESENTATIVIDADE.

RACISMO INSTITUCIONAL. Denominação aplicada ao racismo que ocorre no âmbito estatal, em razão dos efeitos causados pela ação ou omissão dos poderes institucionais. Exemplos brasileiros: a) o Poder Judiciário, composto por maioria branca, de classe média alta, interfere diretamente na vida de milhares de pessoas pobres e negras; b) as universidades públicas, apesar dos sistemas de cotas e de bolsas de estudo, não têm condições para receber alunos periféricos, por falta de recursos financeiros que lhes garantam transporte, alimentação, material escolar etc. (Sampaio, 2020, p. 58–59).

RACISMO REVERSO. Tradução de *reverse racism*, expressão usada nos Estados Unidos, a partir da década de 1970, para atacar políticas de ação afirmativa, criadas para minimizar as diferenças étnico-raciais que prejudicam o povo negro. Geralmente usada por brancos que se colocam como vítimas. No Brasil, tempos atrás, era vocalizada como "racismo ao contrário".

RACISMO SOCIAL. Forma de racismo em que o acesso da vítima à situação almejada lhe é negado, não só por sua aparência física como também por sua condição socioeconômica. A outra acepção de racismo social é baseada no Acórdão da Ação Direta de Inconstitucionalidade por Omissão nº 26, de 13/6/2019, que iguala a LGBTQIAPN+fobia ao crime de racismo, "na medida em que tais condutas importam em atos de segregação que inferiorizam membros integrantes do grupo LGBTQIAPN+, em razão de sua orientação sexual ou de sua identidade de gênero, seja, ainda, porque tais comportamentos de homotransfobia ajustam-se ao conceito de atos de discriminação e de ofensa a direitos e liberdades fundamentais daqueles que compõem o grupo vulnerável em questão".

RALÉ. Conjunto de indivíduos integrantes daquilo que se considera a camada inferior de um grupo social, idealisticamente localizada no extremo oposto da chamada "alta sociedade". A ***ralé brasileira***. O sociólogo Jessé Souza criou provocativamente, segundo afirma, a expressão "ralé brasileira" para designar os ex-escravizados "abandonados" pela Lei Áurea. Emancipados, mas entregues à própria sorte, sem ter a seu favor, no pós-abolição, nenhum caminho para a mobilidade social, foram expostos à animalização, à humilhação e à destruição progressiva de sua humanidade, sem possibilidade de criar família ou planejar a própria vida. Segundo o sociólogo, "a liberdade sem ajuda equivale a uma condenação eterna" (Souza, 2019, p. 13).

RAP. Estilo de performance constante de um texto declamado, rapidamente, sem melodia, sobre uma base rítmica e harmônica feita por instrumentos eletrônicos. Embora tenha se consolidado na década de 1970 em festas comunitárias nos bairros nova-iorquinos Bronx, Queens e Brooklyn, o rap tem raízes na cultura jamaicana, especialmente nas performances dos chamados *toasters* sobre bases rítmicas dos sistemas de som de Kingston. Também se relaciona com os *dirty dozens* ou simplesmente *dozens*, jogos verbais praticados nos guetos negros. Nesses eventos era possível assistir a apresentações de poesia militante de grupos como o chamado The Last Poets. Desde suas origens, o rap esteve ligado à resistência contra o racismo estrutural e à denúncia das desigualdades vividas pelas populações negras periféricas. Em certo momento de sua trajetória, alguns *rappers* foram estigmatizados e combatidos, em razão do sexismo e machismo de seus textos e atitudes. Entretanto, na década de 1990, boa parte deles, com características diversas, ganhou fama e poder no seio da milionária indústria fonográfica global, a partir dos Estados Unidos.

REFORMA AGRÁRIA. Nova organização da estrutura agrária de um país, baseada em lei e realizada por diversos meios, tendo como objetivo principal a distribuição mais equitativa da terra e da renda agrícola, entre um maior número de pessoas. No Brasil, o tema é discutido desde a época imperial. No passado recente do país, foi objeto de discussão em todos os governos da República, até ser incluído no Capítulo III, artigos 184 a 191 da Constituição de 1988, ainda em vigor. Entretanto, segundo a *Grande enciclopédia Larousse cultural* (1998, p. 4958), na votação do texto, a atuação dos parlamentares integrantes da União Democrática Ruralista (UDR) levou a Assembleia Constituinte a aprovar a maior parte das propostas apresentadas por esse grupo, em detrimento do que era pleiteado pelas organizações populares. → LATIFÚNDIO; LEI DE TERRAS; PATRIMONIALISMO.

REFORMATÓRIO. Estabelecimento alegadamente educacional, destinado a "reformar" (corrigir) o caráter de menores delinquentes. O mesmo que casa de correção ou estabelecimento correcional.

REFUGIADO. No âmbito do Direito Internacional, adjetivo que qualifica a pessoa que abandonou seu país natal ou de seu domicílio em consequência de agressão estrangeira ou quaisquer outros tipos de perturbação da ordem pública, tais como conflitos étnicos ou religiosos, guerras civis e perseguições políticas. A condição de refugiado diverge daquela que caracteriza o imigrante, pois aquele não tem, como este, a opção de retornar ao país de origem quando desejar. → IMIGRACIONISMO.

REGISTRO CIVIL DE NASCIMENTO. Documento de cidadania, incluído no artigo 5º da Constituição brasileira. Trata-se de uma das fontes de direito representativas do mínimo necessário para que um indivíduo exista com dignidade dentro da sociedade nacional. Em maio de 2023, no Brasil, o Conselho Nacional de Justiça promovia uma campanha para garantir a entrega de certidões de registro civil de nascimento àqueles até então privados do exercício da cidadania pela falta desse documento fundamental. De acordo com o Censo 2022, quase 3 milhões de brasileiros não têm esse documento.

REGULARIZAÇÃO FUNDIÁRIA. Processo de natureza jurídica, urbanística, ambiental e social que objetiva a regularização de ocupações habitacionais clandestinas em área urbana ou rural de uma cidade, tendo como finalidade última a titulação dos ocupantes como proprietários. → POSSE.

RELIGIOSIDADE. Conjunto de valores éticos (aqueles que orientam o comportamento humano) presentes na prática de qualquer fé, seja ela ligada a alguma religião ou não. No ambiente das religiões africanas tradicionais (assim denominadas a partir do Colóquio de Abidjan, em 1961), a formação religiosa não é teórica nem está sistematizada, mas desde muito cedo o indivíduo se impregna de religiosidade. E esta vem de uma "vida social regulada pela ética", na qual "os sacrifícios, ritos, simbologia, oferendas, altares, pequenos santuários, lugares sagrados e objetos mágicos" realizam-se, em suas respectivas funções, sob o comando de especialistas e dentro de uma hierarquia fielmente observada (Altuna, 1993, p. 370–371). Essa informação está na obra de Altuna, respeitável sacerdote católico contemporâneo, que recebeu do então arcebispo de Luanda (Angola), Dom Eduardo André Muaca, a seguinte apresentação: "É fruto de longos anos de investigação, estudo e reflexão sobre um tema cuja importância e atualidade ninguém põe em dúvida. Consequentemente, sublinhar a importância e atualidade deste livro é um dever que gostosamente cumprimos." A obra se debruça especificamente sobre a cultura dos povos bantos, a partir de grupos localizados na porção centro-oeste do continente africano – de onde, aliás, proveio a maior parte dos escravizados trazidos para as Américas entre os séculos XVI e XIX. Esses bantos, em conjunto com outros contingentes de africanos, oriundos principalmente da região do golfo da

Guiné, foram os criadores das expressões originais da religião tradicional africana que floresceram em terra brasileira. As diversas formas religiosas deles advindas concentram componentes éticos traduzidos na observância de princípios como: diferenciação clara entre certo e errado e entre bem e mal; noção de "senioridade" (preferência aos mais velhos); e observância de proibições rituais. **Princípios éticos**. A filiação às diversas linhas de culto da religião tradicional africana, no Brasil e nas Américas, é, de modo geral, voluntária, espontânea - inclusive nos casos em que a pessoa procura a religião em busca de cura para males físicos ou espirituais. Não obstante, o chamado de uma divindade deve sempre ser atendido, sob pena de a recusa ou demora motivar consequências perigosas, daí a importância da obediência. Outro requisito ético importante é o segredo: os saberes iniciáticos, os chamados "fundamentos", corporificados nas cerimônias rituais, só franqueados aos que passaram pelos ritos de iniciação, devem ser guardados em segredo. Quanto ao princípio da senioridade, esta começa a prevalecer desde os ritos preparatórios da iniciação. No caso dos candomblés - em que todos os ritos se iniciam com a evocação nominal aos ancestrais da comunidade religiosa e dos sacerdotes oficiantes -, a organização social começa na arrumação dos grupos de iniciados, os chamados "barcos". Nela, a posição ocupada pelos noviços vai ser mantida nos ritos subsequentes e prevalecerá enquanto for necessário e possível (Lima, 2004, p. 93). Ao longo de sua vida religiosa, os filhos de santo podem galgar os vários degraus da hierarquia até assumirem a chefia da comunidade. Na tradição dos candomblés, a substituta de uma ialorixá, por exemplo, é de início apontada entre as sacerdotisas mais antigas e que, em geral, já ocupam cargos importantes, após o que a escolha será confirmada por um ou mais orixás, na consulta ao oráculo. Assim informa o antropólogo Vivaldo da Costa Lima, que acrescenta ainda que todos os filhos de uma casa de santo se dizem "irmãos de axé", isto é, são filhos do mesmo axé, da mesma comunidade, independentemente da sacerdotisa ou do sacerdote que dirigiu os rituais das respectivas iniciações, todos sujeitos às mesmas obrigações de natureza ética. Já os irmãos de santo são os filhos da mesma ialorixá ou do mesmo babalorixá (Lima, 2004, p. 96).

REMEDIADO. Indivíduo dotado de situação econômico-financeira que lhe permite viver sem dificuldades, mas não tanto como o abastado. → ABASTADO.

REPRESENTATIVIDADE. Qualidade de alguém ou de um grupo de pessoas a quem se reconhecem o direito e a qualidade de representar uma comunidade e até uma nação, de acordo com os interesses coletivos. Na atualidade brasileira, quase um século e meio após a abolição da escravidão e constituindo mais de metade da população, os afrodescendentes não detêm o grau de representatividade que deveria corresponder a essa presença numérica. E isso é visto, antes de tudo, nos quadros institucionais da sociedade nacional. No texto de contracapa do livro *Escritos de liberdade: literatos negros, racismo e cidadania no Brasil oitocentista*, lançado em 2018 pela historiadora Ana Flávia Magalhães Pinto, a também historiadora Martha Abreu se pergunta "como foi possível, até agora, contarmos essa história [do pós-abolição no Brasil] sem levarmos em conta o envolvimento efetivo e definitivo de muitos literatos, pensadores e artistas; ou mesmo sem considerarmos a presença de homens e mulheres negras, livres e libertas, em *meetings*, eleições e reuniões de 'homens de cor'? E como esses atores, a partir de sua inegável experiência do racismo, não foram vistos com destaque na história dos movimentos negros no Brasil, mesmo tendo estabelecido surpreendentes diálogos com outros ativismos do mundo atlântico negro?". Observe-se que, no Brasil, a imagem dos Estados Unidos nos meios de comunicação dá sempre a impressão de este ser um país com população negra bem maior que a nossa. Mas os afro-americanos lá são apenas 12%, enquanto o percentual de afro-brasileiros já ultrapassa a metade da população nacional. Essa percepção distorcida das imagens se deve à baixa representatividade do conjunto de indivíduos negros que compõem a sociedade brasileira. → RACISMO ESTRUTURAL.

REPÚBLICA. Regime político em que o governo é exercido durante um tempo determinado por representantes eleitos pelo povo, tendo em vista servir ao interesse público, de todos. O nome vem do latim *respublica*, "coisa pública" (Cunha, 1982), embora na Roma antiga o governo fosse comandado pela aristocracia. → PODERES DA REPÚBLICA.

REVOLTA DA CHIBATA. Insurreição ocorrida no Rio de Janeiro, em 1910, sob a liderança do marinheiro negro João Cândido Felisberto, inscreve-se na história brasileira como um dos mais importantes momentos da luta em prol dos Direitos Humanos no Brasil. Nela, os revoltosos reivindicavam o fim da prática de torturas, que remontava aos tempos da escravidão, e dos maus-tratos infligidos aos subalternos pela oficialidade nos navios da Marinha de Guerra brasileira. Os revoltosos tomaram os principais navios da frota, fundeados na baía de Guanabara, e lançaram um ultimato ao governo federal. Com a concordância manifestada pelas autoridades e a promessa de anistia para os revoltados, estes devolveram o comando dos navios. Entretanto, foram todos presos e encarcerados em masmorras, cujo chão era diariamente "lavado" com uma solução de cal virgem. Depois de dezoito meses de cárcere, poucos sobreviveram, entre eles João Cândido, falecido em 1969, com 89 anos, pobre e quase esquecido, em face do apagamento de seus feitos. No período da redemocratização da sociedade brasileira, por iniciativa do movimento negro, o herói ganhava uma estátua no jardim do Museu da República, no antigo Palácio do Catete, quase sem visibilidade, de onde foi mais tarde transferida para a antiga praça Quinze. Em 2022, no bicentenário da Independência, o monumento foi merecidamente para a praça Marechal Âncora, no Centro da capital fluminense, onde ganhou mais destaque. → APAGAMENTO; DIREITOS HUMANOS; INSURGÊNCIA.

RIBEIRINHAS, POPULAÇÕES. No Brasil, expressão que designa os grupos de habitantes das margens de rios, que têm como único ou principal recurso econômico a pesca nas águas fluviais. Desde 2007, por força do decreto federal nº 6.040 de 7 de fevereiro daquele ano, são oficialmente reconhecidos como "povos tradicionais", conforme a Política Nacional de Desenvolvimento Sustentável dos Povos e Comunidades Tradicionais (PNPCT). Especialmente voltada para comunidades que mantêm um modo de vida intimamente relacionado ao meio ambiente, essa política instituída pela Constituição Federal de 1998 antes beneficiava apenas indígenas e quilombolas.

RODA DOS EXPOSTOS. Denominação pela qual se tornou mais conhecida a instituição tida como de origem francesa e trazida para o Brasil pelo comerciante e filantropo lusitano Romão de Mattos Duarte. Referida como "Casa da Roda", "Casa dos Enjeitados" ou "Roda", tinha por objetivo acolher crianças recém-nascidas, abandonadas ou "expostas" para que fossem adotadas. A denominação veio da forma pela qual eram "acolhidas": por meio de um cilindro de madeira, girando em torno de um eixo vertical, dentro de uma espécie de armário que se abria para a rua, como uma janela, na parede externa da casa. Nesse cilindro, que era a "roda" propriamente dita, os recém-nascidos eram introduzidos, da rua, para que fossem recolhidos do lado de dentro da casa. → ABANDONO.

RUA, POPULAÇÃO DE. Expressão que designa o contingente de pessoas sem moradia ou abrigo, obrigadas a dormir ao relento, em calçadas, embaixo de pontes ou sob marquises de edifícios urbanos. A denominação oficial é "população em situação de rua", porque transmite, com otimismo, o sentido provisório dessa triste condição. Segundo o Ipea, no momento de construção deste texto haveria mais de 280 mil pessoas sem teto no país. Esse número, segundo a pesquisa Estimativa da População em Situação de Rua no Brasil (2012-2022), teria crescido 38% entre 2019 e 2022. **Delinquência infantojuvenil**. Sobre a sempre mencionada e temida criminalidade de jovens e crianças na população mencionada, o antropólogo Darcy Ribeiro escreveu: "De fato, toda criança tem uma família-referência, um tio, uma tia, um padrinho, ou alguém que ela elege como mãe." E reforçou, frisando: "Quando essa família não tem uma estrutura forte o bastante para conter e amparar a criança, ela vai buscar amparo e sobrevivência na rua, roubando ou comendo lixo e aprendendo a viver num mundo totalmente hostil" (Ribeiro *in* Leite, 1991, p. 15).

S

SAM. Sigla de Serviço de Assistência a Menores. → ESCOLA QUINZE.

SAMBA. Gênero de música popular resultante da fusão de batuques banto-africanos, surgido no ambiente brasileiro do período pós-abolição. Por essa época, a estratégica ideologia do branqueamento exaltava a "morenice" ao mesmo tempo que tramava o genocídio do povo preto e sua negritude. Visto de início como simples folguedo e "vadiagem", a arte do samba se desenvolveu a partir da década de 1920 e foi assimilada e transformada pela indústria fonográfica recém-instalada no país. Expandindo-se em diversos tipos e modalidades, sua linguagem se tornou o traço essencial e mais evidente do Brasil moderno (Schwartz; Starling, 2015, p. 376). Acrescente-se, conforme o escritor Alberto Mussa, que, além de ser uma forma de arte definidora da identidade nacional, o samba foi o principal fenômeno cultural brasileiro surgido no século XX (Mussa *in* Lopes; Simas, 2015, p. 9). **Relações étnico-raciais.** No universo do samba, as relações entre os diversos segmentos étnico-raciais que compõem a sociedade brasileira historicamente se desenvolveram dentro dos padrões gerais. Do ponto de vista da maioria de negros que compunham a população dos núcleos fundadores, a participação de "brancos" ou assemelhados (pela aparência) parece ter sido vista sem muitas dificuldades. E isso porque o conceito de "branco", no chamado "mundo do samba", sempre foi mais de ordem estética do que étnica ou racial. "Branco" é o elemento estranho, o arrivista, aquele que veio de fora sem conhecer os códigos que regem as relações comunitárias. Do ponto de vista profissional, de trabalho e emprego, em 1967, o cientista social João Baptista Borges Pereira se tornava talvez o primeiro a mostrar como eram recebidos o negro e o samba no ambiente radiofônico daquele tempo. Em seu estudo, Pereira discute até que ponto as características "raciais" auxiliavam ou impediam músicos e cantores negros em suas tentativas de realização naquele meio, inclusive e principalmente através do samba. Acrescentemos que, até então, boa parte dos artistas do samba era popularizados por meio de alcunhas alusivas à sua condição étnica, como, por exemplo, Blecaute, Chocolate, Jamelão, Noite Ilustrada etc. **Expansão nacional**. Segundo Hanchard, na década de 1970, o samba havia se nacionalizado tanto que grandes segmentos da classe média branca em diversas localidades brasileiras haviam aderido ao samba e às agremiações, chegando a reivindicar participação nos desfiles carnavalescos. Tudo isso em contraste com as épocas anteriores do século XX, em que os lugares do samba eram considerados redutos das classes baixas, tanto negra quanto branca (2001, p. 133). **Discriminação mercadológica**. Entre o fim da década de 1970 e meados dos anos 1990, o samba se tornou um importante item no mercado da música popular feita no Brasil. Daí em diante, entretanto, esse mesmo mercado, movido por outros interesses, passou a relegá-lo aos desfiles carnavalescos. Um dos motivos, segundo algumas análises, seria a percepção equivocada de ser ele um gênero musical ultrapassado. Entretanto, a cada década, desde a de 1920 pelo menos, o samba vem surgindo em novos estilos, da bossa nova ao samba-jazz, do sincopado ao pagode de mesa. E essas variedades confirmam a vitalidade do gênero, marca internacional da cidadania musical brasileira. → MERCADO.

SANEAMENTO BÁSICO. Conjunto de serviços fundamentais para o desenvolvimento de um núcleo residencial, tais como, sobretudo, encanamento de água potável, esgotamento sanitário e limpeza urbana.

No final de 2023, em resposta à promessa governamental de resolver o problema do saneamento até 2030, dados oficiais informavam que cerca de 80% da população brasileira já recebia água limpa; e que a coleta de esgoto estava no patamar de 55,8%, com o tratamento em mais de 50% (Pretto, 2023, p. 3).

SAÚDE PÚBLICA. No Brasil, conjunto de práticas e providências adotadas pelo Estado no sentido de proporcionar aos cidadãos os meios de acesso à saúde física, mental e social dentro dos padrões estabelecidos pela OMS e pelo Ministério da Saúde. → EPIDEMIA; SANEAMENTO BÁSICO.

SEGURANÇA PÚBLICA. Serviço público exercido por agentes policiais com o fim de garantir proteção aos direitos de cidadania de cada indivíduo, por meio de prevenção e repressão a todas as formas de violência de modo treinado e qualificado. Conforme a jurista Tamires Sampaio, em um Estado Democrático de Direito, a segurança deve existir em função dos direitos fundamentais, ou seja, a segurança de todos somente poderá ser garantida se for direcionada à defesa e à garantia dos direitos sociais e da cidadania (Sampaio, 2020, p. 129). → CIDADANIA; ESTADO DEMOCRÁTICO DE DIREITO.

SEGURIDADE SOCIAL. → PREVIDÊNCIA SOCIAL.

SELETIVIDADE PENAL. Expressão usada pelo criminalista Raoni V. Gomes para caracterizar a evidência de que, no Brasil contemporâneo, no âmbito do Direito Processual Penal, o indivíduo negro é sistematicamente "o principal alvo das agências de criminalização [...] da imprensa ao cárcere" (Gomes, 2022, p. 154). De acordo com o Anuário Brasileiro de Segurança Pública 2023, do total de indivíduos presos no país, 68,2% são negros.

SEM-TETO. Pessoa que, por condições econômicas ou sociais adversas, não tem moradia fixa e vive nas ruas ou provisoriamente em abrigos públicos. → RUA, População de.

SENIORIDADE. Condição ou situação que estabelece a prevalência do direito de um indivíduo sobre o de outro de menos idade. Trata-se de neologismo, ainda não dicionarizado até o momento da produção deste texto.

SINCRETISMO RELIGIOSO. Mescla de elementos religiosos provenientes de diversas fontes para a criação de uma nova modalidade de culto. No Brasil algumas vezes esse processo resultou na busca de práticas menos africanizadas. Tal foi o caso da chamada "umbanda branca" ou "de mesa", sem tambores nem sacrifícios, por exemplo, mais próxima do espiritismo kardecista e cada vez mais distante das práticas religiosas de matriz africana existentes no país, de formas diversas, desde a época colonial. Esse fenômeno, fortalecido em meados do século XX, parece ter motivado a criação de vertentes supostamente mais "africanizadas" ou "indígenas", estas modernamente referidas sob a denominação "encantaria".

SISTEMA. Em Sociologia, conjunto das instituições políticas e/ou sociais vigentes em um país ou estado, e os métodos por elas adotados. Na fala popular, o vocábulo costuma ser usado em tom de revolta, manifestando ódio contra circunstâncias adversas cuja origem o vocalizador não consegue explicar exatamente.

SOBRENOME. No Brasil e em outros países, nome de família que no registro civil de nascimento segue o prenome. Esse registro é a primeira prova da existência jurídica do indivíduo e o comprovante eventual de sua ancestralidade. Nesse quadro, a predominância de profissionais de alto nível, competência e prestígio em campos de trabalho de grande visibilidade (como artes em geral, ciências experimentais, tribunais superiores, medicina, jornalismo, política partidária, literatura, ensino universitário etc.) é sinalizadora do sucesso da política imigracionista dos governos do Império e da República. Entre os descendentes, os sobrenomes de seus ancestrais são, em geral, motivo natural de orgulho, sinalizando mormente origens europeias e euroasiáticas, de povos igualmente participantes do processo civilizatório da nação brasileira. **A praxe brasileira**. No Brasil, mais por costume que por obrigação legal, o sobrenome materno, em geral, antecede o paterno. Ainda pelo costume brasileiro, no registro civil do casamento o sobrenome materno da mulher desaparece, ficando apenas o paterno, ao qual vai se somar o sobrenome do pai do marido. Exemplo: "Maria da Silva Pereira", ao casar-se com "José Souza de Oliveira" passa a se chamar "Maria Pereira de Oliveira". **Identidades mortas**. Levando essa exemplificação para a época escravista até chegarmos ao cerne da questão, primeiro relembramos que "escravismo" é o inverso de "cidadania", e que, na vigência do sistema escravocrata, os vitimados eram, antes de tudo, obrigados a renunciar a qualquer vínculo com sua vida anterior, sobretudo aos nomes e prenomes identificadores de seus clãs e linhagens, ou seja, a sua identidade, daí a quase total impossibilidade para um cidadão ou cidadã afrodescendente de, na atualidade brasileira, identificar suas origens no continente africano, já que suas identidades morreram. Isso não ocorre com os descendentes de imigrantes europeus cnegados ao Brasil a partir da época imperial, cujas origens são, muitas vezes, localizadas com relativa facilidade, até mesmo nos arquivos de embaixadas. Em termos de posição social, esse tipo de descendência por si só muitas vezes representa um significativo "atestado de inclusão". **Intelectuais negras**. Paralelamente, e como um dado digno de reflexão maior, constatamos a forte presença, sobretudo no ativismo antirracista no Brasil, de mulheres negras, intelectuais, com sobrenomes que remetem ou parecem remeter a ancestrais masculinos, como, por exemplo, a conceituada escritora

Conceição Evaristo. Uma explicação talvez plausível seria o costume, ainda presente em comunidades rurais ou periféricas, de referir pessoas ligando-as ao parente mais conhecido ou popular, na forma seguinte: "a Conceição do Evaristo". Acreditamos tratar-se de um tema a pesquisar.

SOCIALISMO. Conjunto de doutrinas que propõem promover o bem comum pela transformação da sociedade e das relações entre as classes sociais mediante a alteração do regime de propriedade. O termo designa também o sistema político que adota essas doutrinas.

SOCIEDADE CIVIL, ORGANIZAÇÕES DA. Expressão que, no Brasil, designa o conjunto das entidades que exercem parcerias voluntárias com a administração pública, em regime de mútua cooperação, para atingir objetivos no interesse da cidadania. Sua criação e seu funcionamento são regidos pela Lei Federal nº 13.204 de 2015.

SOCIEDADE DE CONSUMO. Expressão que designa, em termos econômicos, o momento atual do capitalismo, vivenciado em boa parte do mundo. Nele, o crescimento econômico, a geração de lucros e a acumulação de riquezas, baseados no comércio e consequentemente no consumo, são os objetivos principais e quase exclusivos. → CONSUMO; MERCADO; NEOLIBERALISMO.

SUBALIMENTAÇÃO. → FOME.

SUBDESENVOLVIMENTO. Situação ou estado de desenvolvimento rudimentar. Em Geografia, estado econômico de um país subdesenvolvido. A qualificação de "subdesenvolvido" é atribuída, de acordo com a Organização das Nações Unidas (ONU), a cada um dos países menos avançados ou menos desenvolvidos, classificados pela sigla LCD (Least Developed Countries), por apresentarem os mais baixos indicadores de desenvolvimento socioeconômico e humano. O Brasil é classificado como "em desenvolvimento".

SUFRAGISTA. Denominação que, entre o final do século XIX e o início do XX, em diversos países democráticos, designou cada uma das ativistas que reivindicavam o direito ao voto, na época vetado às mulheres. Esse fato histórico é o marco inicial do feminismo. → FEMINISMO.

SUPREMACIA. Em uma sociedade, organização, grupo, ocupação etc., qualidade atribuída àqueles considerados superiores. Desse termo resultou o neologismo "supremacismo", abaixo consignado.

SUPREMACISMO. Crença, vista às vezes como ideologia, que propaga a superioridade de um grupo de indivíduos diante de outro ou outros grupos, em relação a determinadas qualidades ou em todos os sentidos. Esse tipo de conceito visa, em geral, impor ao grupo tido como inferior dominação tanto política quanto cultural, e em especial o jugo religioso. → RACISMO CIENTÍFICO.

SUSTENTABILIDADE. Qualidade de qualquer fonte produtora, sobretudo mineral ou vegetal, que pode ser mantida indefinidamente sem perigo de se verem esgotadas suas reservas ou comprometido o seu futuro (*Dicionário Barsa*, 2009, verbete "Sustentabilidade"). Mais recentemente, a sustentabilidade passou a ser entendida como o resultado da integração de três pilares: ambiental, econômico e social, cuja interação equilibrada é essencial para o desenvolvimento sustentável.

SUSTENTÁVEL. Aquilo que pode ser realizado, mantido ou sustentado sem risco de prejuízo (*Dicionário Barsa*, 2009).

T

TAÇA DAS FAVELAS. Campeonato de futebol amador, masculino e feminino, criado no Rio de Janeiro pela Central Única das Favelas (Cufa) em 2012 e produzido pela InFavela, empresa do grupo Favela Holding. Compreende duas fases: uma de disputas em diversas cidades e outra nacional, na qual os melhores jogadores da fase anterior são selecionados para a seleção representante de seu estado. Na edição de 2023, os jogos da final e as premiações feminina e masculina (Rio x São Paulo; e Paraná x Espírito Santo) aconteceram no estádio Canindé, da Portuguesa, na capital paulista, com grande afluência de público e transmissão ao vivo da Rede Globo. Além da relevância da competição por dar a possibilidade de acesso a jovens jogadores ao futebol profissional, a Taça das Favelas, conforme divulga, oferece *workshops* sobre saúde e alimentação para os participantes e também orientação financeira sobre o mercado futebolístico → CUFA.

TENDINHA. Na cidade do Rio de Janeiro, especialmente nas favelas, espécie de pequena casa de comércio, com variado sortimento de produtos, para atender a necessidades de toda ordem, de bebidas alcoólicas a artigos de limpeza. Em geral, é também local de encontros de amigos em momentos de lazer. A denominação vem de "tenda", pequena mercearia, e é sinônimo de "birosca".

TEORIA CRÍTICA RACIAL (CRITICAL RACE THEORY). Denominação de um conjunto de princípios, é também mencionada no Brasil como Teoria Crítica da Raça (TCR). Foi desenvolvida por juristas nos Estados Unidos a partir dos movimentos pelos direitos civis, buscando a compreensão da relação entre raça e direito para o enfrentamento da realidade. A TCR estabelece que o conceito de "raça" é uma construção social, sem base biológica, inventada para oprimir e subjugar, e que explora o povo negro (*O livro da história negra*, 2021, p. 325). Esse conceito é aprofundado em um capítulo de *Manual de educação jurídica antirracista* (Moreira *et al.*, 2022, p. 62–77). → RAÇA.

TERENA. Povo indígena localizado no Mato Grosso do Sul, no interior do estado de São Paulo e na margem esquerda do alto rio Paraguai, em Mato Grosso. → INDÍGENAS.

TERREIRO. Espaço de terra, especialmente ao ar livre, onde tradicionalmente se realizam as manifestações religiosas e festivas da tradição afro-brasileira, como nas antigas agremiações do samba, nos candomblés e na umbanda. No samba, a modernidade transformou os terreiros em "quadras" e os espaços religiosos em "tendas" e "casas de santo".

TERRITÓRIO. No campo da Biologia, nome que designa a área defendida e demarcada por determinada espécie animal (*Dicionário Barsa*, 2009). No sentido geográfico, o termo define a área sobre a qual determinados indivíduos ou grupos humanos detêm o direito de usar e preservar, livres da interferência de terceiros (Silva, 1986, v. 2, p. 1227). Para os habitantes originários de uma localidade, o território geográfico tem, por um lado, importância como fonte alimentar, ou seja, é o espaço onde se beneficiam da coleta, da caça e da pesca. A ocupação do espaço por indivíduos estranhos ao grupo resulta em diminuição das reservas alimentares dos originários. E, mais do que isso, tem o sentido de violação de um espaço sacralizado, que é também morada de ancestrais míticos e biológicos, por guardar e preservar, sempre, algo de seus corpos e sua essência. Por exemplo, para um indígena – a não ser o aculturado (que se adaptou a outro modo de ser e estar no mundo) –, vender seu território seria o mesmo que negociar seu próprio corpo, sua própria vida. O indígena integrado à cultura de seu povo jamais atribui mais importância a si próprio e aos seus do que à natureza. Ele se sente como parte dela, e dela é dependente, e isso porque compreende que a natureza é a força ativa que rege e conserva a ordem natural de tudo quanto existe (*Dicionário Barsa*, 2009) no mundo em que vive.

TINUCA. Povo indígena habitante da região do alto rio Amazonas, nas proximidades do alto rio Solimões. → INDÍGENAS.

TORTURA. Suplício, castigo físico. Em ambientes policiais ou semelhantes, é muitas vezes o meio empregado para obtenção de confissões de delitos e crimes, embora, no Brasil, configure também crime, grave e inafiançável.

TRABALHADORES FORMAIS. No Brasil, conjunto dos indivíduos que trabalham sob a proteção da CLT, Consolidação das Leis do Trabalho. Os que trabalham sem vínculo empregatício são referidos como "trabalhadores autônomos".

TRABALHISMO. Sistema político que tem por base a defesa dos direitos e reivindicações dos trabalhadores assalariados. → TRABALHADORES FORMAIS.

TRANSE. Estado psicológico e social de paralisação da vontade, neutralização da identidade e automatização de atos e pensamentos, motivado por influência sobrenatural. Nele, sobretudo em cultos religiosos, pessoas dotadas de mediunidade ou especialmente sensíveis incorporam divindades e outras entidades espirituais das quais são veículos. Nas religiões de matriz africana o transe é, em geral, provocado, na busca da comunhão de um adepto especialmente preparado com uma entidade espiritual benfazeja, aspecto que o diferencia da possessão pura e simples. **Igrejas negras.** Nos Estados Unidos, à época do sociólogo, historiador e ativista W. E. B. Du Bois (1868–1963), as lideranças religiosas discutiam a relevância social das organizações religiosas surgidas nas comunidades negras; o consenso majoritário era de que elas deveriam propiciar aos fiéis não só a conexão com o sagrado como também o fortalecimento de suas identidades e a manutenção de sua cultura, pela criação de formas de resistência política, em busca de dignidade e respeito. No Brasil contemporâneo, as correntes mais notórias do neopentecostalismo, nascidas sob inspiração das *black churches* norte-americanas, atuam no sentido inverso, sobretudo quando demonizam a religiosidade de matriz africana, vendo o transe de orixás e outras entidades espirituais como manifestação maléfica. Na contramão dessa interpretação, recomendamos a leitura e a reflexão sobre o seguinte texto do sábio Du Bois, excerto do livro *As almas da gente negra* (1999, p. 241–242): "Uma espécie de terror contido pairava no ar, parecendo nos possuir – uma loucura délfica, uma possessão demoníaca que emprestava terrível realidade à canção e à palavra [...]. As pessoas gemiam e agitavam-se e, súbito, a mulher escura de rosto encovado ao meu lado precipitou-se para o alto gritando como alma penada, enquanto, ao redor, ouviam-se gritos e lamentos plangentes, numa cena de emoção humana como eu jamais concebera [...]. Finalmente, a Exaltação ou 'Shouting', quando o Espírito do Senhor baixa e possui o devoto, enlouquecendo-o de uma alegria sobrenatural, é o último elemento essencial da religião negra, o mais merecedor de fé piedosa entre todos os outros [...] – o bater dos pés, os brados e os gritos, o balançar rítmico do corpo e a selvagem agitação dos braços, o pranto e o riso, a visão e o transe. Nada disso é novo no mundo, sendo antigo como a religião, como Delfos e Endor" (referências ao oráculo grego de Delfos, localizado no templo do deus Apolo, e à Bruxa de Endor, personagem do Antigo Testamento.)

TRANSEXUAL. Indivíduo que exibe "discordância entre sexo biológico e gênero" (Sampaio; Coelho, 2012). De acordo com Arán *et al.* (2008), de modo geral a transexualidade é uma condição de intenso sofrimento, posto que essa experiência "se dá não apenas por uma percepção de não pertencimento ao sexo dito biológico, mas, sobretudo, pela precariedade social proveniente da não aceitação dessa condição por parte da normatividade cultural vigente. Para além das questões subjetivas mais singulares, essa problemática revela fundamentalmente a insuficiência da nossa categorização sexual e demonstra como os sistemas classificatórios de sexo e gênero utilizados pelos especialistas se constituem através de uma operação de exclusão". Desde 2018 a transexualidade não é mais considerada transtorno mental pela Organização Mundial de Saúde (OMS), mas em muitos países ainda é vista dessa forma.

TRANSFOBIA. Palavra de uso recente na língua portuguesa, criada para designar a rejeição ou aversão demonstrada por alguém em relação a um indivíduo transexual. No Brasil, a transfobia é crime desde 2019, mas esta ainda é a nação que mais mata transexuais, de acordo com o Trans Murder Monitoring 2023 Global Update. → TRANSEXUAL.

TRANSPORTE PÚBLICO. → MOBILIDADE URBANA.

TRUSTE. Estrutura empresarial formada pela associação de empresas concorrentes – já detentoras da maior parte de determinado nicho – para assim assegurarem o controle total do mercado e, mesmo com preços altos, obter maior margem de lucros. → CAPITALISMO → MERCADO.

TURCO. Em algumas localidades brasileiras, forma de referência, geralmente depreciativa, usada em relação a pessoa, em geral imigrante, originária da Turquia ou de países vizinhos. O menosprezo se deve ao fato de que muitos dos imigrantes dessa origem se dedicavam ao comércio ambulante, vendendo a prazo, e sendo pouco tolerantes com os inadimplentes.

U

UMBANDA. Religião brasileira de base africana, resultante da assimilação de diversos elementos, fundamentando-se em cultos bantos aos ancestrais e na religião dos orixás jejes-iorubanos. Segundo alguns de seus teóricos, sincretizou-se com o hinduísmo, dele aceitando as leis que envolvem carma, evolução e reencarnação; com o cristianismo, seguindo principalmente suas normas de fraternidade e caridade; além de receber influências da religiosidade ameríndia. Em seus templos são realizadas sessões, em geral semanais, nas quais o transe mediúnico é provocado por cânticos e toques de tambor. Incorporados, os espíritos dos pretos-velhos, caboclos e crianças, bem como os exus, dão consultas aos fiéis. **Expansão.** Algumas fontes apontam que a disseminação da umbanda, sobretudo no Rio de Janeiro, na década de 1970, teve como um dos motivos a presença de militares como dirigentes de algumas tendas. Hanhard avalia que preceitos umbandistas, tais como respeito, obediência e organização podem ser associados ao contexto político do movimento militar que conduzia o país desde abril de 1964 (Hanhard, 2001).

UNESCO. Sigla ou acrônimo internacional da United Nations Educational, Scientific and Cultural Organization (Organização das Nações Unidas para a Educação, a Ciência e a Cultura), criada com o propósito de minorar os prejuízos causados à humanidade pela

Segunda Guerra Mundial. Posteriormente, a entidade passou a desenvolver iniciativas voltadas às relações étnico-raciais, como no início da década de 1950, quando criou um projeto em que pesquisadores brasileiros e estrangeiros estudaram diferentes aspectos das mencionadas relações em diversas localidades do país, cujo objetivo principal era analisar elementos culturais, psicológicos, sociais e econômicos nessas relações para concluir se existia ou não racismo no Brasil. O projeto causou grande impacto na produção intelectual brasileira, mas não foi conclusivo. Entretanto, o trabalho de pensadores afro-brasileiros como os cientistas sociais Guerreiro Ramos, Clóvis Moura e Edison Carneiro derrubou a crença na "democracia racial brasileira" (Santos, 2002, p. 240–241).

UNIÃO. Nos Estados federativos, conjunto de unidades que compõem a Federação. Nome que designa o poder central dos estados federados. → ESTADO → FEDERAÇÃO.

V

VADIAGEM. Ato ou efeito de vadiar; ociosidade, vagabundagem. No Brasil pós-abolicionista, eram considerados "vadios" todos os indivíduos que "não exercessem profissão, não tivessem meios de subsistência ou manifestassem ofensa contra a moral e os bons costumes" (Santos, 2022, p. 194). Essa tipificação ainda seguia vigente no momento da produção deste *Dicionário*, por meio do Decreto-Lei nº 3.688 (Lei das Contravenções Penais, assinada por Getúlio Vargas em 1941), embora haja três projetos de lei para revogá-la. A "lei da vadiagem" não associa textualmente ociosidade à cor da pele, mas faz parte da estratégia usual das elites de eliminar aqueles considerados indesejáveis da sociedade brasileira. → BRANQUITUDE; CAUCASIANO; RACISMO.

VALONGO, CAIS DO. Sítio histórico na cidade do Rio de Janeiro, localizado nas proximidades da atual praça Mauá, no centro da cidade. Nele se localizaram, desde fins do século XVIII, os armazéns do maior mercado de escravizados da época no Brasil. → ESCRAVIDÃO; TRÁFICO NEGREIRO.

VANDALISMO. Ação perversa realizada com o objetivo de danificar ou destruir propriedade alheia, pública ou privada, sem propósito aparente a não ser causar ruína. Em geral dirigida a bens públicos como monumentos e objetos de arte, é por vezes associada a sentimentos de revolta e vingança. Pela legislação brasileira configura crime contra o patrimônio público, previsto no artigo 163 do Código Penal, punido com pena de detenção e multa de um a seis salários mínimos. O termo "vândalo" vem de *wandeln*, tribo de bárbaros germânicos que devastaram o Sul da Europa e o Norte da África por volta do final do século IV d.C.

VIGILÂNCIA SANITÁRIA. De acordo com a Biblioteca Virtual em Saúde, refere-se à área da saúde pública responsável pelo "conjunto de ações, no âmbito das práticas de saúde coletiva, assentada em várias áreas do conhecimento técnico-científico e em bases jurídicas que lhe conferem o poder de normatização, educação, avaliação e intervenção, capazes de eliminar, diminuir ou prevenir riscos à saúde, visando garantir a qualidade do processo de produção, distribuição e consumo de bens e serviços relacionados à saúde, e das condições de vida e trabalho dos cidadãos".

VIOLÊNCIA DOMÉSTICA. Ação ou ato de violência praticado dentro de casa ou unidade doméstica por alguém da família da pessoa agredida, também mencionada como violência intrafamiliar. Pode assumir caráter físico, psicológico, sexual, patrimonial e moral. A violência doméstica contra a mulher é punida por legislação específica, concretizada na Lei Distrital nº 11.340, sancionada no Distrito Federal em 2006, com validade em todo o território nacional, popularmente conhecida como Lei Maria da Penha – em homenagem a Maria da Penha Maia Fernandes, ativista cearense que se tornou símbolo da luta contra a violência doméstica no Brasil depois de se salvar de duas tentativas de homicídio por seu então marido. → FEMINICÍDIO.

VIOLÊNCIA ESTRUTURAL. Expressão que, segundo Milton Santos, designa a prática ou ação violenta resultante da presença e manifestação conjuntas, na era da globalização, do dinheiro e da força, ambos em estado puro, numa associação que resulta no surgimento de novos totalitarismos. Tudo isso se dá em um conjunto de situações em que a perversidade passa de situações isoladas para um sistema em que só vale o poder do dinheiro, decretando-se assim o fim da ética e da política (Santos, 2021b, p. 67).

VIOLÊNCIA INSTITUCIONAL. Ação ou ato de violência praticado por uma instituição pública ou pessoa a seu serviço, como, por exemplo aquela comumente perpetrada por agentes policiais em diversas partes do mundo. → INSTITUIÇÕES; NECROPOLÍTICA; RACISMO INSTITUCIONAL.

VIP. Sigla da expressão inglesa *Very Important Person*, pessoa muito importante, criada na década de 1930 e difundida mundialmente para designar pessoa de grande prestígio e poder (Houaiss, 2001). A edição de 1947 de *Who's Who in Latin America* (Quem é quem na América Latina), do editor norte-americano Alvin Martin, de dicionários sobre personalidades detentoras de poder e prestígio, lançou o volume dedicado ao Brasil. A obra, póstuma, contou com apresentação do sociólogo Gilberto Freyre, autor do célebre *Casa-grande & senzala*, também focalizado, assim concluída: "Pelos brasileiros [o autor] será sempre recordado como um estrangeiro que procurou estudar a formação da nossa gente com simpatia e até empatia..." A obra inclui, em cerca de 250 páginas, impressas em duas colunas, sobrenomes familiares presentes na vida nacional até a atualidade, quase oitenta anos depois – o que talvez possa representar um atestado da permanência, na sociedade brasileira, de núcleos de poder e prestígio existentes desde os tempos do escravismo.

VOLUNTARIADO. Conjunto de pessoas que se dedicam a uma atividade por vontade própria. Em geral se trata de um trabalho não remunerado, realizado com o objetivo de colaborar com uma causa ou uma comunidade. Por extensão, o termo passou a designar a ação praticada.

VULNERABILIDADE. Situação ou estado de pessoa vulnerável, ou seja, enfraquecida, passível de ser prejudicada ou ofendida, seja sob o ponto de vista físico, moral e/ou social. **Vulnerabilidade social.** Qualidade ou estado de quem vive situação de fragilidade moral ou material, ou que se encontra na iminência de ser vítima de infortúnio e não dispõe de qualquer garantia ou possibilidade de defesa.

X

XENOFOBIA. Estado mórbido que se manifesta na aversão a pessoas ou coisas estrangeiras, sendo por isso possível causa de problemas diplomáticos e conflitos de natureza étnico-racial.

XINGAMENTO. Ato ou efeito de insultar com palavras, injuriar, insultar, xingar. → DISCURSO DE ÓDIO; LIBERDADE.

X

XENOFOBIA. Estado mórbido que se manifesta na aversão a pessoas ou coisas estrangeiras, sendo por isso responsável/causa de problemas diplomáticos e conflitos de natureza étnico-racial.

XINGAMENTO. Ato ou efeito de insultar com palavras, injuriar, insultar, xingar. → DISCURSO DE ÓDIO; LIBERDADE.

Z

ZOOLÓGICOS HUMANOS. Na Europa, entre o fim do século XIX e início do XX, denominação das mostras, também conhecidas como "exposições etnológicas" ou "aldeias negras". Nelas, eram exibidas publicamente, atrás de grades ou cercados, como animais em jardins zoológicos, pessoas nativas das colônias europeias na África, consideradas "selvagens" e "exóticas". Essas exposições contribuíram decisivamente para desumanizar e estigmatizar os povos negro-africanos, justificando a manutenção do escravismo, em uma época em que o movimento abolicionista se fortalecia. → ABOLICIONISMO; ESCRAVIDÃO; ESTEREÓTIPO; RACISMO.

BIBLIOGRAFIA

ACADEMIA Brasileira de Letras, verbete “Necropolítica”. Disponível em: www.academia.org.br/nossa-lingua/nova-palavra/necropolitica. Acesso em: 23 maio 2024.

APPIAH, K. A.; GATES JR., H. L. *Africana: the Encyclopedia of the African and African American Experience*. Nova York: Basic Civitas Book, 1999.

ARBEX, Daniela. *Holocausto brasileiro*. São Paulo: Geração, 2013.

BAPTIST, Edward E. *A metade que nunca foi contada: a escravidão e a construção do capital norte-americano*. Rio de Janeiro: Paz & Terra, 2019.

BARBOSA, Osmar. *Grande dicionário de sinônimos e antônimos*. Rio de Janeiro: Thesaurus, 2007.

BLACK *Slang: a Dictionary of Afro-American Talk*. Edição de Clarence Major. Nova York: Routledge & Kegan Paul, 1970.

BOYER, Orlando. *Pequena enciclopédia bíblica*. São Paulo: Vida, 1981.

BRASIL. Acórdão da Ação Direta de Inconstitucionalidade por Omissão nº 26, de 13/6/2019. Disponível em: www.legis.senado.leg.br/norma/31162585. Acesso em: 27 maio 2024.

______. Constituição da República Federativa do Brasil de 1988. Brasília, DF: Presidência da República, 2016.

______. Ministério da Educação. Nota técnica nº 60/2023/DPDI/SEB/SEB. Brasília, DF: Ministério da Educação, 12 jul. 2023. Disponível em: www.educacaointegral.org.br/wp-content/uploads/2023/07/notatecnicaescolascivicomilitares-1.pdf. Acesso em: 13 maio 2024.

BRASIL. Ministério da Saúde. Biblioteca Virtual em Saúde, verbete "05/8 – Dia Nacional da Vigilância Sanitária". Brasília, DF: Ministério da Saúde. Disponível em: www.bvsms.saude.gov.br/05-8-dia-nacional-da-vigilancia-sanitaria-2/. Acesso em: 2 jun. 2024.

______. Ministério do Trabalho e Emprego. "Inspeção do Trabalho resgatou 2.575 trabalhadores de trabalho análogo ao de escravo em 2022". Brasília, DF: Ministério do Trabalho e Emprego, 24 jan. 2023. Disponível em: www.gov.br/trabalho-e-emprego/pt-br/noticias-e-conteudo/2023/janeiro/inspecao-do-trabalho-resgatou-2-575-trabalhadores-de-trabalho-analogo-ao-de-escravo-no-ano-passado. Acesso em: 14 maio 2024.

CAMBRIDGE *Dictionary of American English for Speakers of Portuguese.* 2ª ed. São Paulo: WMF, 2013.

CAPONE, Stefania. *Os yoruba do Novo Mundo: religião, etnicidade e nacionalismo negro nos Estados Unidos.* Rio de Janeiro: Pallas, 2011.

CARNEIRO, Sueli. *Brasil e Durban, 20 anos depois.* São Paulo: Geledés – Centro de Documentação e Memória Institucional, 2021.

CASHMORE, Ellis. *Dicionário de relações étnicas e raciais.* São Paulo: Selo Negro, 2000.

CORTINA ORTS, Adela. *Aversão ao pobre: um desafio para a democracia.* São Paulo: Contracorrente, 2022.

CRUZ Vermelha Brasileira. "Filiais e atuações". Disponível em: www.cruzvermelha.org.br/pb/cmd/filiais-e-atuacoes/#:~:text=A%20CVB%20hoje%20conta%20com,100%20Filiais%20Municipais%20no%20Brasil. Acesso em: 22 abr. 2024.

CUFA. "Quem somos". Disponível em: www.cufa.org.br/quem-somos/#:~:text=A%20CUFA%20(Central%20%C3%9Anica%20das,que%20existe%20h%C3%A1%2020%20anos. Acesso em: 22 abr. 2024.

DAVIS, Angela Y. *Are prisons obsolete?* Nova York: Seven Stories Press, 2003.

DEGLER, Carl N. *Nem preto nem branco: escravidão e relações sociais no Brasil e nos Estados Unidos*. Rio de Janeiro: Labor do Brasil, 1972.

DELGADO, Richard; STEFANCIC, Jean. *Teoria crítica da raça: uma introdução*. São Paulo: Contracorrente, 2021.

DICIONÁRIO Barsa do Meio Ambiente. São Paulo: Barsa Planeta, 2009.

DICIONÁRIO de Favelas Marielle Franco, verbete "Central Única de Favelas (Cufa)". Disponível em: www.wikifavelas.com.br/index.php/Central_%C3%9Anica_das_Favelas_(CUFA). Acesso em: 22 abr. 2024.

DU BOIS, W. E. B. *As almas da gente negra*. Rio de Janeiro: Lacerda, 1999.

ENCICLOPÉDIA do Holocausto, verbete "Guetos". Disponível em: www.encyclopedia.ushmm.org/content/pt-br/article/ghettos. Acesso em: 16 maio 2024.

ENCICLOPÉDIA do mundo contemporâneo. São Paulo: Publifolha; Rio de Janeiro: Terceiro Milênio, 2000.

ENTIOPE, Gabriel. *Nègres, danse et resistance: la caraïbe du XVIe au XIXe siècle*. Paris: L'Harmattan, 1996.

FALOLA, Toyn. *O poder das culturas africanas*. Petrópolis: Vozes, 2020.

FERREIRA, Aurélio Buarque de Holanda; J.E.M.M. *Novo dicionário da língua portuguesa*, 2ª ed. Rio de Janeiro: Nova Fronteira, 1986.

______. *Novo dicionário Aurélio da língua portuguesa*. 4ª ed. rev. ampl. Rio de Janeiro: Nova Fronteira, 2004.

FIGUEIREDO, Cândido de. *Novo dicionário da língua portuguesa*, v. 1, 4ª ed. Lisboa: Portugal Brasil, 1925.

FONTES, André R. C. *et al*. *Quilombolas: aspectos políticos, jurídicos e políticas públicas inclusivas*. Rio de Janeiro: Tribunal Regional Federal, 2019.

FÓRUM Brasileiro de Segurança Pública. 17º Anuário Brasileiro de Segurança Pública. São Paulo: Fórum Brasileiro de Segurança Pública, 2023. Disponível em: www.forumseguranca.org.br/wp-content/uploads/2023/07/anuario-2023.pdf. Acesso em: 28 maio 2024.

FREITAS, Mário Martins de. *Reino negro de Palmares*. Rio de Janeiro: Biblioteca do Exército, 1988.

FRIEIRO, Eduardo. *Feijão, angu e couve: ensaio sobre as comidas dos mineiros*. Belo Horizonte: Itatiaia; São Paulo: Edusp, 1982.

GALINDO, Caetano W. *Latim em pó: um passeio pela formação do nosso português*. São Paulo: Companhia das Letras, 2022.

GÉNOT, Luana. *Sim à igualdade racial: raça e mercado de trabalho*. Rio de Janeiro: Objetiva, 2023.

GOBELLO, José. *Diccionário lunfardo*. Buenos Aires: Peña Lilo, 1978.

GOMES, Raoni Vieira. *Da chibata ao camburão: raça e seletividade penal*. Vitória: Milfontes, 2022.

GONÇALVES, Rafael Soares. *Favelas do Rio de Janeiro: História e Direito*. Rio de Janeiro: Pallas/PUC-Rio, 2013.

GRANDE *enciclopédia Larousse cultural*, 24 v. Barueri: Nova Cultural, 1998.

HANCHARD, Michael George. *Orfeu e o poder: movimento negro no Rio e São Paulo*. Rio de Janeiro: EdUerj, 2001.

HARTMAN, Saidiya. *Perder a mãe: uma jornada pela rota atlântica da escravidão*. Rio de Janeiro: Bazar do Tempo, 2021.

HOCHSCHILD, Adam. *O fantasma do rei Leopoldo*. São Paulo: Companhia das Letras, 1999.

HOUAISS, Antônio; VILLAR, Mauro de Salles; FRANCO, Francisco Manoel de Mello. *Dicionário Houaiss da língua portuguesa*. Rio de Janeiro: Objetiva/Instituto Antonio Houaiss de Lexicografia, 2001.

LANDES, Ruth. *A cidade das mulheres*. Rio de Janeiro: Civilização Brasileira, 1967.

LEITE, Ligia Costa. *A magia dos invencíveis: os meninos de rua na Escola Tia Ciata*. Petrópolis, Vozes, 1991.

LIMA, Eugênio; LUDEMIR, Julio (org.). *Dramaturgia negra*. Rio de Janeiro: Funarte, 2018.

LIMA, Euzébio de Queiroz. *Teoria do Estado*, 8ª ed. Rio de Janeiro: Record, 1957.

LIMA, Hermes. *Introdução à ciência do Direito*. Rio de Janeiro: Freitas Bastos, 1964.

LIMA, Vivaldo da Costa. "Organização do grupo de candomblé: estratificação, senioridade e hierarquia", *in* Moura, Carlos Eugênio Marcondes de. *Culto aos orixás, voduns e ancestrais nas religiões afro-brasileiras*. Rio de Janeiro: Pallas, 2004, p. 79–132.

LOPES, Cristina (org.). *Cotas raciais: por que sim?*. Rio de Janeiro: Ibase, 2005.

LOPES, Nei. *Novo dicionário banto do Brasil*. 2ª ed. Rio de Janeiro: Pallas, 2012.

______. *Enciclopédia brasileira da diáspora africana*. 4ª ed. São Paulo: Selo Negro, 2011.

LOPES, Nei; MACEDO, José Rivair. *Dicionário de história da África*, v. 2. Belo Horizonte, Autêntica, 2002.

MIGLIAVACCA, Adriano de Moraes. "Wole Soyinka: da essência negra a um mundo africano", *in* MACEDO, José Rivair (org.): *O pensamento africano no século* XX. São Paulo: Outras Expressões, 2016, p. 289–311.

MOREIRA, Adilson José; ALMEIDA, Philippe Oliveira de; CORBO, Wallace. *Manual de educação jurídica antirracista: Direito, justiça e transformação social*. São Paulo: Contracorrente, 2022.

MOREIRA, Adilson José. *Tratado de Direito antidiscriminatório*. São Paulo: Contracorrente, 2020.

MOURA, Roberto. *Tia Ciata e a Pequena África no Rio de Janeiro*. Rio de Janeiro: Funarte, 1983.

MÜLLER, Maria Lúcia Rodrigues. *A cor da escola: imagens da Primeira República:* Cuiabá: EdUFMT/Entrelinhas, 2008.

NASCENTES, Antenor. *Dicionário da língua portuguesa da Academia Brasileira de Letras*. Rio de Janeiro: Bloch, 1988.

NASCENTES, Antenor. *Dicionário etimológico resumido.* Rio de Janeiro: Instituto Nacional do Livro, 1966.

______. *Dicionário de sinônimos*, 3ª ed. Rio de Janeiro: Nova Fronteira, 1981.

O LIVRO *da história negra.* Rio de Janeiro: Globo, 2021.

OBENGA, Théophile. "Genetic Linguistic Connections of Ancient Egypt and the Rest of Africa", *in* ASANTE, Molefi Kete; ABARRY, Abu S. *African Intellectual Heritage.* Filadélfia: Temple University Press, 1996, p. 262–281.

ODEN, Thomas C. *Quão africano é o cristianismo?*. São Paulo: Quitanda, 2022.

PEREIRA, Amilcar Araujo. *O mundo negro: relações raciais e a constituição do movimento negro contemporâneo no Brasil.* Rio de Janeiro: Pallas/Faperj, 2013.

PEREIRA, João Batista Borges. *Cor, profissão e mobilidade.* São Paulo: Pioneira/Edusp, 1967.

PESTANA, Mauricio. *A empresa antirracista: como CEOs e altas lideranças estão agindo para incluir negros e negras nas grandes corporações*, 2ª ed. rev. Rio de Janeiro: Agir, 2021.

PINTO, Ana Flávia Magalhães. *Escritos de liberdade: literatos negros, racismo e cidadania no Brasil oitocentista.* Campinas: Editora Unicamp, 2018.

PÖPPELMANN, Christa. *Dicionário de máximas e expressões em latim.* São Paulo: Escala, 2010.

PRADO JR., Caio. *História econômica do Brasil*: São Paulo: Círculo do Livro, 1976.

RACHEWILTZ, Boris de. *Eros negro: costumbres sexuales en África desde la prehistoria hasta nuestros días.* Barcelona: Sagitario, 1967.

RIBEIRO, Djamila. *Lugar de fala.* Belo Horizonte: Letramento/Justificando, 2017.

RODRIGUES, Raymundo Nina. *Os africanos no Brasil*. Biblioteca Virtual de Ciências Humanas do Centro Edelstein de Pesquisas Sociais, 2010.

RUFINO dos Santos, Joel. *O que é o racismo*. São Paulo: Abril Cultural/ Brasiliense, 1984.

SAMPAIO, Tamires Gomes. *Código oculto: política criminal, processo de racialização e obstáculos à cidadania da população negra do Brasil*. São Paulo: Contracorrente, 2020.

SANDEL, Michael J. *A tirania do mérito: o que aconteceu com o bem comum*. Rio de Janeiro: Civilização Brasileira, 2020.

SANTOS, Milton. *O Brasil: território e sociedade no século XXI*. Rio de Janeiro: Record, 2021a.

______. *Por uma nova globalização*. Rio de Janeiro: Record, 2021b.

______. *Por uma outra globalização: do pensamento único à consciência universal*. 10ª ed. Rio de Janeiro: Record, 2000.

SANTOS, Ynaê Lopes dos. *Racismo brasileiro: uma história da formação do país*. São Paulo: Todavia, 2022.

SCHWARCZ, Lilia Moritz; STARLING, Heloisa Murgel. *Brasil: uma biografia*. São Paulo: Companhia das Letras, 2015.

SCISÍNIO, Alaôr Eduardo. *Dicionário da escravidão*. Rio de Janeiro: Leo Christiano, 1997.

SILVA, Benedicto (org.). *Dicionário de Ciências Sociais*, 2 v. Rio de Janeiro: Fundação Getulio Vargas/Fundação de Assistência ao Estudante/MEC, 1986.

SILVA, Celso da. *A visão do padre Antônio Vieira sobre a escravidão*. *Mafuá*, Florianópolis, n. 16, 2011.

SOARES, Manoel. *Para meu amigo branco*. Rio de Janeiro: Agir, 2022.

SODRÉ, Muniz. *O fascismo da cor: uma radiografia do racismo nacional*. Petropólis: Vozes, 2023.

______. *Pensar nagô*. Petrópolis: Vozes, 2017.

SOUZA, Jessé. *A elite do atraso: da escravidão a Bolsonaro*. Rio de Janeiro: Estação Brasil, 2019.

THE AMERICAN *Heritage Dictionary: Second College Edition*. Boston: Houghton Mifflin, 1991.

TRANS Respect Versus Transphobia. *Trans Murder Monitoring 2023 Global Update*. Disponível em: www.transrespect.org/en/trans-murder-monitoring-2023/. Acesso em: 2 jun. 2024.

VARÊDA, Dallyne Emanuelly Araújo. *História e caracterização da economia solidária: estudo de caso de empreendimentos das mulheres em Serra Talhada – PE e Triunfo – PE*. Monografia de bacharelado em Ciências Econômicas. Recife: UFRPE, 2019. Disponível em: www.repository.ufrpe.br/handle/123456789/2360. Acesso em: 13 maio 2024.

VVAA. *O livro da história negra*. Tradução de Maria da Anunciação Rodrigues. São Paulo: Globo Livros, 2021. (Coleção As grandes ideias de todos os tempos).

VARGENS, João Baptista M. *Léxico português de origem árabe: subsídios para os estudos de filologia*. Rio Bonito: Almádena, 2007.

XAVIER, Giovana. *História social da beleza negra*. Rio de Janeiro: Rosa dos Tempos, 2021.

HEMEROGRAFIA

"A CRISE humanitária da diálise no Brasil". *Folha de S.Paulo*, 7 ago. 2023. Disponível em: www1.folha.uol.com.br/opiniao/2023/08/a-crise-humanitaria-da-dialise-no-brasil.shtml. Acesso em: 20 maio 2024.

AGUALUSA, José Eduardo. "O trono dos Bamum". *O Globo*. Segundo Caderno, Rio de Janeiro, 26/6/23, p. 6.

ALVES FILHO, Manuel. "A meritocracia é um mito que alimenta as desigualdades, diz Sidney Chalhoub". *Jornal da Unicamp*. Disponível em: www.unicamp.br/unicamp/ju/noticias/2017/06/07/meritocraciae-um-mito-que-alimenta-desigualdades-diz-sidney-chalhoub. Acesso em: 22 maio 2024.

ALMANAQUE *Abril 2014*. São Paulo: Abril, 2014.

ALMEIDA, Cássia: COUTINHO, Beatriz: "Quase parando: em uma década recursos públicos para mobilidade urbana caem a menos da metade". *O Globo*, Rio de Janeiro, 11 de janeiro de 2023, p. 17.

ALTINO, Lucas; FERREIRA, *Paula*. "Uma terra em transe: guardiões da floresta, ianomâmis sofrem novo massacre". *O Globo*, Rio de Janeiro, 29/1/23, pp. 12–13.

ARÁN, Márcia; ZAIDHAFT, Sérgio; MURTA, Daniela. "Transexualidade: corpo, subjetividade e saúde coletiva". *Psicologia & Sociedade*, v. 20, n. 1, p. 70-79, 2008. Disponível em: www.doi.org/10.1590/S0102-71822008000100008. Acesso em: 2 jun. 2024.

ARREGUY, Juliana. "Após sofrer discriminação, estudante de 44 anos recebe flores de colegas". *Metrópoles*. Disponível em: www.metropoles.com/sao-paulo/apos-sofrer-discriminacao-estudante-de-44-anos-recebe-flores-de-colegas. Acesso em: 14 maio 2024.

BECKER, Daniel. "A guerra contra a escola". *O Globo*, Rio de Janeiro, 16/7/2023, p. 25.

______. "Escola pública é pilar para uma sociedade mais justa". *O Globo*, Rio de Janeiro, 16 jul. 2023. Opinião, p. 25.

"BRASIL tem aumento de denúncias de intolerância religiosa; veja avanços e desafios no combate ao crime". G1. Disponível em: www.g1.globo.com/fantastico/noticia/2024/01/21/brasil-tem-aumento-de-denuncias-de-intolerancia-religiosa-veja-avancos-e-desafios-no-combate-ao-crime.ghtml. Acesso em: 20 maio 2024.

"CLASSES D e E continuarão a ser mais da metade da população até 2024, projeta consultoria". *InfoMoney*. Disponível em: www.infomoney.com.br/minhas-financas/classes-d-e-e-continuarao-a-ser-mais-da-metade-da-populacao-ate-2024-projeta-consultoria/. Acesso em: 18 abr. 2024.

DIAS, Berenice. Entrevista em *Tribuna da Advocacia*. Rio de Janeiro: OAB-RJ, set.-nov. 2023, p. 27.

DIAS, Pâmela; GOMES, Bianca; MARTINS, Elisa. "Misoginia". *O Globo*, Rio de Janeiro, 5/3/23, p. 11.

DISITZER, Márcia. "De mãos dadas". *O Globo*, Rio de Janeiro, 5/11/23, p. 20–23.

"ECONOMIA solidária no Brasil: contexto histórico, avanços e obstáculos". Incop/Unifop. Disponível em: www.incop.ufop.br/news/economia-solid%C3%A1ria-no-brasil-contexto-hist%C3%B3rico-avan%C3%A7os-e-obst%C3%A1culos#:~:text=Atualmente%2C-no%20Brasil%2Ca,na%20solidariedade%2C%20igualdade%20e%20autogest%C3%A3o. Acesso em: 2 maio 2024.

FARIA, Vinicius *et al.* "Nariz negroide: correção cirúrgica". *Boletim do Centro de Estudos do Hospital dos Servidores do Estado*. Rio de Janeiro: Ipase: v. 22, n. 2, abr.-jun. 1970, p. 59–163.

FERREIRA, Luiz Claudio. "Informalidade de empregadas domésticas aumentou após pandemia". Agência Brasil. Disponível em: www.agenciabrasil.ebc.com.br/economia/noticia/2024-04/informalidade-de-empregadas-domesticas-aumentou-apos-pandemia. Acesso em: 13 maio 2024.

"FIM da 'legítima defesa da honra' é só o primeiro passo". *O Globo*, Rio de Janeiro, 6/8/23. Disponível em: www.oglobo.globo.com/opiniao/editorial/coluna/2023/08/fim-da-legitima-defesa-da-honra-e-so-primeiro-passo.ghtml. Acesso em: 20 maio 2024.

GABRIEL, Ruan de Sousa. "Hipocondria moral: entenda a doença política que está por trás das ondas de indignação nas redes sociais". *O Globo*, Segundo Caderno, Rio de Janeiro, 19/8/23. Disponível em: www.oglobo.globo.com/cultura/noticia/2023/08/19/hipocondria-moral-entenda-a-doenca-politica-que-esta-por-tras-das-ondas-de-indignacao-nas-redes-sociais.ghtml. Acesso em: 16 maio 2024.

GABRIEL, Ruan de Sousa. "Viciada em apontar o dedo". *O Globo*, Segundo Caderno, Rio de Janeiro, 19/8/23, p. 1.

GOMES, Irene. "Pobreza cai para 31,6% da população em 2022, após alcançar 36,7% em 2021". Agência de Notícias IBGE. Disponível em: www.agenciadenoticias.ibge.gov.br/agencia-noticias/2012-agencia-de-noticias/noticias/38545-pobreza-cai-para-31-6-da-populacao-em-2022-apos-alcancar-36-7-em-2021. Acesso em: 21 maio 2024.

______. "Brasil tem 1,3 milhão de quilombolas em 1.696 municípios". Agência de Notícias IBGE. Disponível em: www.agenciadenoticias.ibge.gov.br/agencia-noticias/2012-agencia-de-noticias/noticias/37464-brasil-tem-1-3-milhao-de-quilombolas-em-1-696-municipios. Acesso em: 26 maio 2024.

LACERDA, Bruno Amaro. "As origens do igualitarismo". *Revista Direito, Estado e Sociedade* n. 51, jul./dez. 2017. Disponível em: www.revistades.jur.puc-rio.br/index.php/revistades/article/download/717/490. Acesso em: 17 maio 2024.

"O LEGADO da Conferência de Durban para o Brasil". Conectas. Disponível em: www.conectas.org/noticias/o-legado-da-conferencia-de-durban-para-o-brasil/. Acesso em: 2 maio 2024.

SAMPAIO, Liliana Lopes Pedral; COELHO, Maria Thereza Ávila Dantas. "Transexualidade: aspectos psicológicos e novas demandas ao setor saúde". *Interface: Comunicação, Saúde, Educação*. Botucatu, v. 16, n. 42, p. 637-649, jul./set. 2012. Disponível em www.doi.org/10.1590/S1414-32832012000300005. Acesso em: 2 jun. 2024.

TORRES, Bolívar. "Gravações raras de linguista americano revivem passado do candomblé". *O Globo*, Rio de Janeiro, 30 maio 2015. Disponível em: www.oglobo.globo.com/cultura/livros/gravacoes-raras-de-linguista-americano-revivem-pastado-candomble-16303629. Acesso em: 2 jun. 2024.

Este livro foi composto na tipografia Minion Pro,
em corpo 11,5/15,5, e impresso em
papel off-white no Sistema Cameron da
Divisão Gráfica da Distribuidora Record.